JN136626

# 赤い密約

今野 敏

徳間書店

# 1

テレビ・スタジオでの収録が終わり、仙堂辰雄《せんどうたつお》がライトにあぶり出された額の汗をハンカチでふいたとき、突然、騒がしくなった。

彼は何が起きたのかわからず、スタジオのすみでたたずんでいた。

カメラマンや照明といったテレビ・スタッフたちも、何が起きつつあるのかわからないようだった。彼らは、スタジオのドアのほうを見て身動きを止めた。

彼らが茫然《ぼうぜん》としていたのは、ほんの一瞬のことだった。

自動小銃のものらしいフルオートの銃声が聞こえ、どういう事態が起こりつつあるのかを知らせた。

テレビ局のスタッフたちは、即座に何もかも放り出して身を低くした。申し合わせたような見事な反応だった。

仙堂辰雄はあまりのことに、あっけにとられていた。銃が日常生活のなかにない日本で生まれ育った彼には、悪い冗談としか思えなかった。

しかし、今、彼がいるのは日本ではない。ロシアのモスクワだった。しかも、この時期のモスクワは少々キナ臭かった。

仙堂辰雄は、非日常的な出来事に、ただうろたえていたわけではなかった。こういうときにどうすべきかという心得くらいは持ち合わせていた。

仙堂辰雄は最良と思える行動を取った。慣れている人間のまねをしたのだ。彼は、周囲のテレビ・クルーたちに倣《なら》って身を低くした。

誰かが戸口で大声を上げた。ロシア語だった。

そばにいた通訳のナハーロフが言った。

「議会派だと言ってます」

「議会派だって？」

仙堂は言った。「どういうことだ。何が起こってるというんだ？」

「彼らが実力行使に出たのです。テレビ局を占拠するつもりです」

クーデターなどの政変の際、まず報道機関をおさえるというのは常套《じょうとう》手段だ。仙堂もそれくらいのことは知っているつもりだった。

しかし、自分がそういう騒ぎに巻き込まれるとは思ってもいなかった。

「エリツィン派と議会派の対立は、一般市民までは巻き込まないから心配ないと言ったじゃないか」

仙堂は、今さら言ってもしかたがないと思いながら、言わずにいられなかった。

「だから私はテレビ局までやってきたんだ」

通訳のナハーロフは、うろたえるふうもなく、言った。

「予想以上に事は進行していたのです」

ロシア人の特徴のひとつは、感情をあまり表に出さないことだ。怒りも驚きも呑《の》み込んで、茶色の瞳をじっと一点にすえる。

彼らは、長い間耐えることを強いられてきた民族だ。それは帝政ロシアの時代も、ソビエト連邦時代も、そして現在も変わらない。

諦《あきら》めと忍耐――この、本来ならば相容《あいい》れない二面性がロシア人の生きるための知恵なのだった。

濃紺の戦闘服を着た一団がスタジオに駆け込んできた。彼らは興奮した口調で、次々と何ごとかを命令した。

その激しい口調に、テレビ局の人間は抵抗する気をそがれてしまっていた。さらに、議会派と呼ばれた連中が手にしているＡＫ47を始めとする自動小銃が、一切の抵抗力を奪い去っていた。

彼らはさまざまな銃を持っており、なかには、米軍が使うアーマライト小銃も混じっていた。

テレビ局のスタッフたちは、二、三人ずつの小人数に分けられ、さまざまな部屋に押し込められた。それぞれのドアのまえには銃を持った戦闘服姿の男が見張りに立った。

議会派の連中の手際はよかった。

ひとりの男が、声高《こわだか》に議会派の連中に食ってかかった。仙堂は、その男が彼の護衛役であることに気づいた。

日本人がひとりいる。解放してくれ——彼はそう言っているのだ。言葉はわからなくても身振り手振りでわかった。

議会派は聞く耳を持たなかった。彼らのなかのひとりがカラシニコフ自動小銃の台《だい》尻《じり》で乱暴に護衛役を押しのけた。

そのとき、自動小銃の台尻が固いものに触れ、護衛役の男は、さっと三人の男に取り囲まれた。

護衛役は、壁に両手をつかされ、脚を開げさせられた。彼は、持っていたマカロフ自動拳銃を取り上げられ、どこかへ連れて行かれた。

仙堂は、ナハーロフに尋ねた。

「彼はどこへ連れて行かれたんだ？」

「わかりません」

ナハーロフは言った。「たぶん、危険な人間として、特別な監視をされるのでしょう。手足を縛り上げられるのかもしれません」

「見せしめのために殺されるなどということはあるまいな？」

「さあ……。すべて議会派の連中の気分次第です」

「そうなれば、私のせいかもしれない」

「とんでもない。彼は自分の義務を果たしただけです」

仙堂とナハーロフも銃を突きつけられ、小さな部屋に移動させられた。

誰かのオフィスらしく、天板が薄い粗末な感じのデスクが置かれていた。デスクの上には大きなガラス板が敷かれており、その下にスケジュール表やら、何かの伝票やらが押し込んである。仙堂はその書類の間に、写真を見つけた。

青味がかった灰色の眼《め》をした美しい女性と幼ない女の子が写っている。デスクの主の家族写真に違いなかった。

ロシアの人々は、職場に家族の写真を飾る風習を持っている。ロシア人のヨーロッパ的な一面だ。

その部屋には先客がひとりいた。三十代半ばの男で、口髭《くちひげ》をたくわえている。彼は、ロシア人独特の暗く思いつめたような眼で部屋に入っていった仙堂たちを見た。

彼はデスクの椅子《いす》ではなく、部屋のすみにある、背あてのまっすぐな椅子に腰を降ろし、前かがみになって両肘《りょうひじ》を膝《ひざ》の上についていた。

その男の眼を見たとたん、仙堂は絶望という言葉を思い浮かべていた。

仙堂辰雄は空手家だった。沖縄少林流という流派を祖とする常心流で指導をしている。彼は、空手の指導のためにロシアを訪れていた。

議会派の連中が、ドアの外で何をやっているかまったくわからなかった。時折銃声が聞こえる。

人を撃ったのか、威嚇《いかく》のためなのかすらわからない。

だが、テレビ局内は思ったほど混乱していなかった。議会派のやりかたが手慣れているせいもあるのだが、仙堂は、いざ事が起こると意外とこういうものなのかもしれないと思った。

英雄気取りで戦おうとする者などいない。テレビ局の守衛もそれほどの抵抗はしなかったようだ。

局で働く人々はおとなしく議会派の言うことを聞いた。さほどの混乱もなく、議会派はテレビ局を占拠してしまったのだった。

「これからどうなるのだろうな?」

仙堂は、ひとりごとのような調子でナハーロフに言った。ナハーロフは沈んだ表情でかぶりを振った。

彼は、不安や恐怖、怒りといった感情をすべて同一の暗く沈んだ表情で表現する。典型的なロシア人なのかもしれない。

仙堂は、深夜によくテレビで放映しているロシアの映画をぼんやり眺めていて気がついた。ロシアの映画やテレビドラマの主人公は、たいてい無口で無表情なのだ。そのものうげな無表情さはたいへん魅力的に感じられるが、アメリカ人などが見たら無気味に思うのかもしれなかった。

ナハーロフは、部屋のなかにいた男に何ごとか尋ねた。ナハーロフは仙堂に説明した。

「彼はテレビ局の記者だということです」

「記者ならば、多少はどういう状況かわかるんじゃないのか?」

ナハーロフは男に尋ねた。男は、まず仙堂を見て、それからナハーロフを見つめ、まず仙堂たちの素性を尋ねたようだった。

ナハーロフが説明すると、テレビ局の記者は、アレクサンドロフと名乗り、語り始めた。

ナハーロフがそれを日本語に通訳した。

「議会派は民衆の支持が得られるものと読んで強硬手段に出ました。ルッコイ大統領代行やハズブラトフ最高会議議長を中心とする議会派勢力は、最高会議ビルに籠城《ろうじょう》しており、エリツィン派は内務省の治安部隊で最高会議ビルを包囲していました。この議会派のテレビ局占拠は事実上、内戦のきっかけとなる恐れがある——そう言っています」

「内戦だって……？」

「議会派がこれほど強硬だとエリツィンは思わなかったのかもしれません。事態はますます悪くなっているようです」

アレクサンドロフがまた何か言った。

ナハーロフはそれを聞いて、また暗く沈んだ表情でかぶりを振った。

「どうしたんだ？」

「議会派がこのテレビ局を占拠したのは確かに問題かもしれないが、さらに問題なのは、連中のなかにマフィアが混じっていることだ——アレクサンドロフはそう言っています」

「マフィアが……？」

「議会派の武装勢力は、多くがアフガン帰りの兵士などです」

仙堂はうなずいた。

「戦争帰りか……。それでいろいろな銃を持っているのだな……」

西側の銃は敵から奪い取ったものなのだろう。

「このテレビ局を占拠しているのは、ほとんどが議会派の自主防衛組織ですが、わずかにマフィアも混じっているということです」

「マフィアが何のために？」

「このテレビ局の自由を奪い、何かを探すのが目的だということです」

「マフィアが何かを探すために議会派を動かしてこのテレビ局を占拠させたというのか？」

「そうではありません。ただ、マフィアが何か働きかけたことは確かだとアレクサンドロフは言っています」

「つまり、こういうことか……」

仙堂は言った。「議会派はクーデターの常套手段としてまず放送局をおさえようとした。マフィアはそれを利用することにした、と……」

「両者の利害が一致したのですね」

「マフィアがテレビ局でいったい何を探そうとしているんだ？」

仙堂が言うと、ナハーロフはアレクサンドロフにその問いをそのまま通訳した。

アレクサンドロフは、じっと仙堂を見ていた。彼は何事かしきりに思案しているようだった。

何かを思いつき、それを慎重に検討しているような感じだった。思わずナハーロフと仙堂は顔を見合わせていた。

ふたりともアレクサンドロフの挑むような眼に驚いたのだった。

やがてアレクサンドロフは仙堂に向かって何事か言った。サムライという日本語を、彼は使った。

ナハーロフが通訳した。

「あなたはサムライなのか、と彼は訊《き》いています」

モスクワでは、奇妙なポップスが大流行していた。女性ボーカリストが歌う『サムライ』という歌だ。

日本のサムライはニヒルで素敵、といったような内容で、サビの部分では、「サムライ、バンザイ」というコーラスが入る。

テレビ局が仙堂に取材を申し入れたのも、純粋な日ロ間のスポーツ交流を紹介するという意味あいよりむしろ、『サムライ』がヒットしているというような風潮が理由だったのかもしれない。

仙堂は外国人が使うサムライという言葉の意味をほぼ正確に理解していた。当然のことだが、それは武士階級のことを指すのではなく、伝統的な武士道精神を持ち合わせた男といったような意味だった。

仙堂はこたえた。

「私は空手という武道を生活の糧《かて》とするだけでなく人生の糧としている」

アレクサンドロフは、その言葉に満足したような表情を見せた。彼は、いっそう真剣な表情になった。

彼の印象はさきほどまでとはまったく変わり、一種の情熱を感じさせた。

彼はジャンパーの内ポケットから八ミリ・ビデオのカセット・テープを取り出した。

ナハーロフが、アレクサンドロフの言葉を通訳して言った。

「マフィアが探しているのはこれだと言っています」

「ビデオ・テープ……？」

アレクサンドロフは熱心に説明を始めた。ナハーロフが一区切りごとに素早く日本語に直していった。

そのビデオ・テープには、マフィアの大物と日本のヤクザの取り引きの現場が収録されているという。場所は、メジドゥナロードナヤ・ホテルにある『さくら』という日本料理店だということだ。

『さくら』は、仙堂も知っていた。常心流アジア・ヨーロッパ連盟のメンバーが一度連れて行ってくれたことがある。

一般のモスクワ市民が滅多に足を運べない高級レストランだ。女性従業員はみな和服を着ており、刺身や鮨《すし》もなかなか本格的だった。

アレクサンドロフのスタッフがレストランに潜入し、隠し撮りに成功したのだという。そのテープに価値があるのは、マフィアとヤクザの取り引き現場に、現役の政治家が同席しているのを収録しているからだ、とアレクサンドロフは語った。

政治家とマフィアと日本の暴力団――この三者の結び付きを、このビデオ・テープが証明しているのだ。

「座敷で同席しているマフィア、ヤクザ、そして旧共産党系のサハローニンという代議員の顔を撮影しているとのことです」

ナハーロフが説明した。「このテープを日本に持ち帰り、日本のテレビで放映してほしいと、アレクサンドロフは言っています」

「私にテープを託そうというのか？」

アレクサンドロフは、真剣な眼差《まなざ》しで仙堂を見つめたまま何事か言った。ナハーロフが通訳する。

「あなたとこうしてここで出会えたのは、神のおぼしめしとしか思えない。彼はそう言っています」

「しかし……」

仙堂は言った。「マフィアの問題なら、ロシア国内で放映すべきだろう」

ナハーロフがそれを伝えるとアレクサンドロフは力なくかぶりを振った。

「おそるべき管理体制はなくなったとはいえ、私たちはまだそれから完全に抜け出したわけではないのです。長い間の言論統制の影響は国民の心のなかにも、私たちメディアの側にもまだ残っているのです」

ナハーロフが通訳する。「そればかりではありません。このビデオに映っているマフィアは、暗黒街だけでなくビジネスの社会でも実力者となりつつあり、テレビ局へ圧力をかけることもできるのです。私たちはこのビデオを撮影したはいいが、放映することができないのです。さらにマフィアたちは、このビデオ・テープを手に入れようと、いろいろな手を使って私に圧力をかけてきました。私は家族をモスクワから離れさせ、身辺に充分気をつけていたのですが、局が占拠されるような事態だけは予想できませんでした……」

仙堂は困惑した。

あずかるのはいいが、ビデオ・テープを日本の放送局で放映する確約はできないと感じたのだ。ロシアン・マフィアの大物と日本のヤクザが取り引きをしている。その当事者たちの顔が映っているというだけでも価値のあるビデオだということはわかった。しかし、それを放映するテレビ局が日本にあるかどうかはまた別問題だった。

アレクサンドロフは熱心に語りかけ、ナハーロフがそれを通訳していった。

「このどさくさに紛れて、マフィアたちはビデオ・テープを探し回っているはずです。

遅かれ早かれ、彼らは私のところへやってくる。私がテープを持っていては彼らに奪われてしまう危険がある。あなたなら持ち出せるはずだ——彼はそう言っています」

「アレクサンドロフさん。あなたは大切なことをひとつ忘れている」

仙堂は言った。「私もここから生きて出られるとは限らない」

「あなたなら、きっと脱出できる」

アレクサンドロフが言い、その言葉をナハーロフが日本語で伝える。「あなたは日本のカラテマンで、サムライなのだ」

一般に、格闘技や武道の経験のない人間は、武術家をスーパーマンのように思う傾向がある。西洋の人間はなおさらだ。日本の武術家を、何か神秘的な力を持った存在と勘違いしている場合がある。

仙堂は、ロシアにやってきて、実際に銃を撃ってみて、そのパワーに圧倒されていた。小口径の拳銃でさえおそろしい破壊力を持っている。

銃で武装した大人数が相手では、いかに空手を修行してきた人間といえどもまったく無力だという気がしていた。

しかし、仙堂はアレクサンドロフの頼みを断れない気分だった。

アレクサンドロフの熱意が直接伝わってきていた。彼は本当に命を懸けてビデオ・テープを守ろうとしているのだ。今のロシアという国では、日本では考えられないくらい死が身近にある。

というより、世界のなかで、日本が特別に安全な国なのかもしれない。海外で犯罪組織に対抗しようとしたら、死を覚悟しなければならないのだ。

アメリカの警官は、実に簡単に銃を抜く。スピード違反で車を止めた際も、ひとりが免許証を見ている間、もうひとりは銃をすぐ撃てるように警戒している。先に撃たなければ撃たれるからだ。

アレクサンドロフは、文字どおり命懸けで現在のロシアの暗部を告発しようとしているのだ。仙堂は、そんな男の頼みをとても断れそうになかった。

彼はうなずき、八ミリ・ビデオのテープを受け取った。それを背広の内ポケットに収めると言った。

「わかった。私が何とかしよう」

彼は付け加えた。「もし、生きてここを出られたら、の話だが……」

局内は静かになった。だが、建物の外は時間を追うごとに物騒な雰囲気になってきた。そして、ついに、午後九時を過ぎたころ、散発的だった銃の音がひっきりなしに聞こえるようになった。

ついに、議会派と大統領派が銃撃戦を開始したのだった。

銃撃戦が始まると、ドアの外は再び騒々しくなってきた。廊下を駆けていく足音や、何ごとか大声で言い交しているのがドア越しに聞こえてくる。

仙堂は、恐怖ではなく、不思議な非現実感を感じた。本来いるべき場所へ帰ってきたような気がしたのだ。

血が騒いだ。

日本に住む男たちは常に苛立《いらだ》っている、と仙堂は感じていた。日本の男は弱くなり、女ばかりが強くなったといわれている。日本男児はすべて去勢されたとまでいわれているのだ。

だが、そうではなく、日本では、男が情熱を発散する機会がなくなってしまったのだと仙堂は思っていた。戦わなくてはならなくなったとき、男は黙っていても戦うものだ。平和過ぎる日々が、男に戦いを忘れさせるのだ。やりどころのないエネルギーをもてあまし、男たちはどんどん鬱屈《うっくつ》していく。

女が強くなったのではない。女がいきいきしているだけなのだ。世の中が、女の生きやすい状態にあるからだ。

今、仙堂は銃撃戦の音を聞きながら思っていた。

銃声や硝煙のにおいのなかでは、きっと、男のほうがずっといきいきしているに違いない、と。

彼はもちろん戦争を肯定しているわけではない。戦争ばかりか、すべての暴力は不毛だと信じている。

だが、危機感やスリルのない日常生活は、やはり自分の生きるべき場所ではないと感じているのだった。雄の本能とはそうしたものなのかもしれないと仙堂は思った。

突然、部屋のドアが開いた。

戸口で、議会派と思われるふたりが何ごとか言い交している。

片方は濃紺の戦闘服を着ており、AK自動小銃を手にしているが、もう片方はジャンパー姿で、毛糸で編んだ帽子をかぶっている。手にはウージー・サブマシンガンを持っていた。

ジャンパー姿の男は、狡猾《こうかつ》そうな顔つきをしていた。世界のどんな民族であっても、後ろ暗い暮らしをしている連中は一目でわかる。彼はその典型のような感じだった。

その男は、アレクサンドロフを見ると、まっすぐに彼に歩み寄った。彼はウージー・サブマシンガンをアレクサンドロフに突きつけ、何事かわめき散らした。

アレクサンドロフは、相手の眼をしっかりと見つめ、首を横に振った。

ジャンパーの男はサブマシンガンをアレクサンドロフに突きつけたまま、素早くアレクサンドロフのポケットを探った。

その後、彼は、アレクサンドロフをぐいと引っぱり、ドアの外へ押しやった。自分は銃を構えてあとから部屋を出た。

部屋を出たとき、ジャンパーの男と戦闘服の男は、再び言葉を交した。だが、このときは、言い争いといえるほど激しい言葉のやりとりだった。

ドアがぴしゃりと閉められた。

「どうやら、今のがマフィアらしいな……」

仙堂は言った。ナハーロフがうなずいた。

「議会派の兵士と言い争いをしていました。兵士は、勝手なことをされては困ると言い、マフィアは、俺たちはこのためにやってきた、と言いました」

「だいたいの事情は察しがつく。議会派兵士は、局員を分断して軟禁していた。マフィアは、兵士とは別行動でビデオ・テープを探していた。そして、やつらはついにアレクサンドロフを手中にしたというわけだ」

「でも、アレクサンドロフはビデオ・テープを持っていない……」

「マフィアは、テープのありかを吐かせようとするだろうな……」

仙堂は気分がどんどん高揚してくるのを感じていた。

銃撃戦は激しさを増してきているように感じられた。

「たいへんなことを引き受けましたね」

ナハーロフが言った。

「アレクサンドロフは命懸けだ。そして私を信頼している。断るわけにはいかない。とにかく、生きのびてここから出ることだ」

## 2

ドアの外が急速に騒がしくなった。

自動小銃かサブマシンガンの連射の音が聞こえる。

何人もの人間が駆け回る足音が聞こえる。叫び声や怒鳴り散らす声も聞こえた。ナハーロフは耳を澄ましていた。やがて、彼は言った。

「エリツィン派の内務省部隊かもしれません」

「内務省部隊？」

「今回、議会派の武装勢力に対処するため、内務省で鎮圧用の特殊部隊を組織したと聞いています」

突然、ドアが開いた。迷彩の野戦服を着て、目出し帽《バラクラバ》をすっぽりとかぶった男が、銃を片手に現れた。

ヘッケラー・アンド・コックのＭＰ５であることがわかった。ドイツ製の傑作サブマシンガンだ。

仙堂は椅子《いす》に腰かけたままだった。だが、深くは腰かけておらず、すぐさま立ち上がることも、横に転がることもできる体勢だった。

やろうと思えば、その状態から突然ジャンプし、相手に跳び蹴りを見舞うこともできる。

迷彩服の男は一九〇センチ近くはあろうかという巨漢だった。彼は、廊下のほうに何ごとか叫んで、さっと部屋に入ってきた。

仙堂は緊張した。

議会派の兵士だと思ったのだ。内務省が侵入してきたため、仙堂たちを楯《たて》にするつもりかもしれないと考えた。

迷彩服の男は、仙堂の表情を見て、ふと不審げに動きを止めた。それから思い出したように肩をすぼめかぶりを振った。彼は自分が顔を隠していることに気づいたのだ。

彼は、目出し帽をくるくるとまくり上げた。目出し帽は普通の毛糸の帽子と変わらない形になった。

そして、帽子の下からよく知っている顔が現れた。青味がかった灰色の眼が、いきいきと真っ青に光って見えた。

「アントノフじゃないか！」

思わず仙堂は大声で言った。

カウンター・テロ・アカデミーの教官、アントノフは、にっこりと笑ってウィンクをして見せた。

銃撃戦のさなかという場面にはまったくそぐわない表情だった。その笑顔は、仙堂に安心感を与えた。仙堂は現在、カウンター・テロ・アカデミーで空手の指導をしている。道場では仙堂が先生だが、戦場ではアントノフのほうがエキスパートだ。彼は戦闘のプロなのだ。

アントノフが何か言い、ナハーロフが訳した。

「先生を助けに来たと言ってます」

「たまげたな……」

「内務省特殊部隊にアカデミーのメンバーが急遽《きゅうきょ》志願したのだそうです」

「そんなことができるのか？」

「議会派もエリツィン派も現在は寄せ集め部隊ですからね」

ドアの外から叫ぶ声が聞こえた。

アントノフはさっと振り向き、何ごとか大声でこたえた。それから、迷彩服の内側についているポケットからサイドアームのマカロフ自動拳銃を取り出し、銃把《グリップ》についていた紐《ひも》を外した。

マカロフを仙堂に手渡すと、何か言った。

ナハーロフが通訳する。

「扱いは覚えてますね。敵を見たら、迷わず撃ってください。当たらなくとも撃つのが大切なのです」

アントノフはさらに、スペアのマガジンをポケットから取り出して仙堂に渡した。

「ここから脱出します」

ナハーロフがアントノフの言葉を伝えた。

「じっとしていては銃撃戦に巻き込まれる恐れがあります。議会派もエリツィン派もあまり人質の命のことは考えていません」

「他のテレビ局員たちはどうなる？」

「戦いの成り行き次第ですね。だが、内務省部隊が勝利すると私は考えています。そうすれば解放されます」

「私はここにいて、テレビ局が解放されるのを待ったほうがいいのではないか？」

アントノフはきっぱりと首を横に振った。

「私には責任があります。先生を戦闘状態からいちはやく離脱させせなければならないのです。内務省側が勝つ可能性が高いですが、それでも百パーセント確実とはいえない。どうか、われわれの救出作戦に従ってください」

仙堂はうなずいた。

「わかった」

プロの言うことはきくに限るのだ。

アントノフは、戸口に立ち、MP5を構えて廊下の様子を見た。彼は外にいる仲間に合図を送った。

それから仙堂のほうを向いて何か言う。

「これと同じ服を着ているのが味方です。アントノフはそう言っています」

ナハーロフが伝えた。仙堂はアントノフにうなずいて見せた。

アントノフは、付いてこいというふうに手を振った。そして、慎重に廊下へ出た。

仙堂は、マカロフの遊底《スライド》を引き、初弾を薬室《チェンバー》に送り込んだ。これで引き金《トリガー》を絞れば弾が飛び出す。彼は、教えられたとおり、人差し指を引き金《トリガー》にはかけず、まっすぐ伸ばしてトリガー・ガードの外に置いた。

引き金《トリガー》に指をかけるのは、撃つときだけにしろと厳しく何度も教えられたのだ。

廊下の先に、アントノフと同じ迷彩服を着た男が立っていた。仙堂たち一行を先導してくれる役らしい。

その男は、廊下の角でぴったりと壁に身を寄せて向こう側の様子を見ていた。

突然自動小銃のものと思われる連射の音がして、壁のコンクリートが砕けて飛び散った。

先行していた迷彩服の男は、訓練された身のこなしで、さっと体を引くと同時に、ＭＰ５を天井に向けて構えた。

向こう側の銃撃が止《や》んだ瞬間に、その男はＭＰ５の銃口を壁の向こう側に向けて掃射した。

体が半分だけ壁から出ている。

一往復掃射すると、その迷彩服の男は再びさっと壁に身を寄せ、ＭＰ５の銃口を天井に向けた。

敵は撃ち返してこなかった。

迷彩服の男は、慎重に角の向こう側をのぞき見た。それから、ＭＰ５を腰だめに構えて角から飛び出た。

何も起きない。迷彩服の男は、仙堂やアントノフたちに、手をすくうように振って、来い、と合図した。

アントノフが先頭になってそちらに進もうとしたとき、仙堂は、後頭部のあたりを逆なでされたように感じた。

彼は反射的に振り向いていた。教わったとおり、両腕を伸ばしてマカロフを構えていた。

硝煙の向こうに人影が見えた。迷彩服ではない。

仙堂は言われたとおりに引き金を迷わず絞った。

その人影は弾《はじ》かれたように横へ飛びのいて物陰に隠れた。当たらなかったのだ。

仙堂はまた撃った。

そのときには、すでにアントノフも気づいており、アントノフがＭＰ５をフルオートで撃ち始めた。

敵は撃ち返す間もなくひっくり返った。

仙堂はゲームをしているような気分だった。確かに、脳のどこかが麻痺《まひ》しているような感じだった。

人を撃つということの意味がまったくわからなくなっていた。体が反応するだけだ。

敵の出現をいち早く察知できたのは、武術を長年修行してきたおかげだと思った。

さらに、今は、緊張のためか全神経が過敏なほど鋭くなっていた。気配という言葉を使うが、それは超能力のような第六感で感じるのではない。

研ぎ澄まされた五感で感じるのだ。特に、皮膚感覚がいざというときものをいう。すぐれた武術家は、相手の動こうとする意識を、皮膚感覚で感じ取るものなのだ。視覚、聴覚、嗅覚などがそれを補うのだ。殺気を感じ取るというのはそういうことだ。

今、仙堂たちの背後に現れたのは間違いなく敵だった。明らかに攻撃の意志を持っていたからだ。殺気を発していたのだ。

だからこそ、仙堂の体が反応したのだ。

「急ぎましょう」

ナハーロフが言った。「アントノフに付いていくのです」

仙堂は、すでに進み始めているアントノフのあとを駆け足で追った。

先行していた迷彩服の男が階段で立ち止まった。仙堂たちは四階にいた。アントノフはセオリーどおりエレベーターを使わず階段を下ろうとしていた。

階下からも銃声が聞こえる。硝煙がたなびき、鼻や眼を刺激する。廊下などの狭い場所で銃を撃ち合うと、たちまち硝煙が充満してしまう。

階段の下から何者かが撃ってきた。先導役の迷彩服が撃ち返す。

アントノフとその男が大声で何か話し合っていた。先導役は、しゃべりながらも、階段の下に向けてサブマシンガンを撃ち続けている。掃射ではなく、二、三発ずつのバースト・ショットだった。

アントノフと先導役は、他に階段はないかと話し合っているようだった。結局、エレベーターかその階段しかなく、彼らは、その階段を使うしかないようだった。

背後から数人の足音が聞こえた。

仙堂は振り返り銃を構えた。

仙堂より早く、向こうが撃ち始めた。自動小銃だった。

アントノフは、叫びながら仙堂の肩をおさえつけた。伏せろと言っているのだった。

仙堂はすぐにその意味を悟り、廊下に腹這《はらば》いになった。アントノフは、伏せた状態からMP5を撃った。やはり、三発ずつのバースト・ショットだった。

敵は、今しがた仙堂たちが曲がってきた廊下の角に身を隠した。廊下の角と階段の下。アントノフたちは仙堂を救出しようとして味方から孤立してしまったのだ。アントノフは、冷静だがきわめて厳しい表情をしていた。彼は決断を下さねばならないのだ。

敵は正確なアントノフの射撃によって角の向こう側に釘《くぎ》づけになっている。アントノフはMP5の照準越しに、その角を見すえたまま何か言った。ナハーロフが通訳した。

「強行突破しかありません。階段を一気に下ります。なるべく姿勢を低くして進んでください」

「わかった」

仙堂はうなずいた。

アントノフが、階下を牽制《けんせい》している先導役に指示を与えた。先導役の男は「ダー」とこたえて、しばらく階下の様子をうかがっていた。

やがて、突然に、彼はMP5をフルオートで撃ちながら階段を下って行った。彼は踊り場まで達すると、アントノフたちを呼んだ。

アントノフは仙堂の肩を叩《たた》き、親指で階段のほうを指し示した。仙堂は、廊下の角に注意しながら身を起こし、階段へ走った。

先導役が踊り場でさらに階下を牽制している。その足もとに空《から》の弾倉《マガジン》が落ちていた。ナハーロフが仙堂にぴったりと付いてきた。

彼らが踊り場までたどり着くと、援護射撃をしていたアントノフが立ち上がり、撃ちながら階段を下ってきた。

撃つたびに空薬莢《やっきょう》が飛び出し、うっかりアントノフの右側に立つと、それがぶつかってくる。宙を飛んでいる空薬莢はひどく熱く、皮膚が露出している部分にぶつかると火傷《やけど》することもある。ガラスの眼鏡をかけている場合は、飛んでくる薬莢には特に注意しなければならない。レンズが割れて眼を傷つける恐れがあるからだ。

アントノフも弾倉を替えた。

先導役は足早に階段を下った。アントノフが最後尾について、後方を警戒した。三階を越えようとしたとき、不意にジャンパーの男たちが飛び出してきた。先導役は先に行っていたし、アントノフはまだ階段の下にいる。角度が悪かったし、仙堂に当たる恐れがあるので、アントノフも先導役も撃てなかった。

ジャンパー姿の男はふたりいて、どちらも銃を持っていた。彼らは、仙堂とナハーロフのすぐそばにいきなり顔を出す形になった。

仙堂の体が半ば無意識に動いた。

相手の銃を持つ手の袖《そで》をつかみ、自分の右脇のほうに引きつける。その引きつけた相手の腕の下をかいくぐるように回し蹴りを出した。

この角度で蹴ると、蹴りが死角になる。相手は自分の腕が邪魔で蹴りが見えないのだ。

仙堂の回し蹴りは相手の顎《あご》をとらえた。顎関節が一撃で外れてしまった。

相手はその瞬間に一発撃っていたが、仙堂の右脇のはるか外側で発砲する形になった。

仙堂はそのまま相手の袖を引いて、足をかけ、投げた。すでに回し蹴りの一撃で相手は昏倒《こんとう》していた。

もうひとりはサブマシンガンを手にしている。ウージーだ。

仙堂は相手の蹴りをさばく要領でサブマシンガンの銃身を払いながら入り身になった。相手は、もうひとりのジャンパーの男と仙堂の体があまりに接近していたので撃てなかったのだ。

仙堂は複数の敵と戦うときのセオリーを無意識のうちに使っていた。一度に相手できるのはひとりでしかない。残りの人間を、死角に置くため、なるべく敵が一直線上に並ぶように移動するのだ。

入り身になる勢いを利用して相手の脇に肘を叩き込む。振り猿臂《えんび》だった。

振り猿臂は強力な技で、仙堂は軽々とコンクリート・ブロックを砕くことができる。相手の肋骨《ろっこつ》がたわむのがはっきりとわかった。

肋軟骨に亀裂が入ったはずだ。

肋骨というのは、肋軟骨のおかげで全体としては柔軟な構造になっており、かなりの衝撃に耐えられる。肋骨を折るという場合、硬骨がぽきりと折れるよりも、肋軟骨がたわみの限界を超えてしまい、亀裂骨折を起こすことのほうが多い。

いずれにしてもひどい痛みと苦しみがある。ジャンパーの男は、一瞬、身動きができなくなった。

仙堂はその一瞬を逃がさず、顔面に正拳を叩き込んだ。ボクシングのように打ったあと拳《こぶし》を引いたりしない。

相手の後頭部の向こう側へ突き抜くように拳を伸ばした。

巻き藁《わら》を長年叩き続けて鍛えた拳がぐしゃりと相手の顔面をつぶしていた。相手はのけぞるような形で大きく後方に吹っ飛び、床に頭をぶつけたまま動かなくなっていた。

ふたりを倒すのに要した時間は二秒ほどでしかなかった。反射的に体が動いたのでなければ、これほど効率よく人を倒すことはできない。

アントノフが仙堂の肩を叩いた。落ちていた拳銃を彼が拾って仙堂に渡した。彼は無意識のうちにマカロフ自動拳銃を放り出していたのだ。

戦場で相手を倒すために銃を放り出す者はまずいない。仙堂はひどく愚かなことをしたような気がした。

だが、アントノフも先導役も、仙堂を愚かだとは思っていないようだった。アントノフは満足そうだったし、先導役は目を丸くしている。

彼らは仙堂の空手の腕を、あらためて見直したに違いなかった。

倒れているジャンパー姿の男たちを見るとひとりは知っている男だった。アレクサンドロフを連れていったマフィアだ。

仙堂はアレクサンドロフのことが気になった。しかし、今は、何とかテレビ局を脱出するのが先だった。アレクサンドロフとの約束を果たすためにも何とか逃げのびねばならないのだ。

一階まで来ると、先導役が出入口のほうをのぞき込み、手を大きく振った。アントノフが仙堂にうなずきかけてロビーへ飛び出した。

ロビーには銃を手にした兵士が数人いたが、すべて迷彩服を着ていた。アントノフの仲間だった。すべてカウンター・テロ・アカデミーのメンバーかどうかはわからなかった。だが、彼らはアントノフの目的を知っているようで、戸口で援護射撃を引き受けた。

一階が迷彩服に制圧されているということは、テレビ局を占拠していた議会派が撤退戦を始めたことを物語っていた。

建物の奥へ奥へと逃げながら、待ち伏せする形で戦うのだ。もちろん、別の逃走路を確保しており、そこから撤退するための戦法だ。

先導役が出口に向かった。アントノフは、仙堂の斜め後方にぴたりと付いている。彼は護衛のプロだ。常に、仙堂と仙堂の周囲を視界に入れながら、後方の敵からはいつも体を張って仙堂を守れる場所にいる。

斜め後ろから手を伸ばし、的確に仙堂の進むべき方向を示してくれる。

屋外での銃撃戦はまだ続いていた。テレビ局前の路上には、被弾して倒れた市民や兵士が見える。銃弾が飛び交っているので、誰も助けに行けずにいる。生きているのか死んでいるのかすらわからない。

風に硝煙がなびき、路上にはあちらこちらに血の染みが見える。おびただしい血だ。日本の日常生活でこれほどの血を見ることはまったくない。

先導役は巧みに物陰を見つけては状況を見て進路を決定している。

やがて、銃撃戦が下火になり、内務省部隊らしい集団が徐々に前進を始めた。

ある瞬間に、その集団が堰《せき》を切ったように自動小銃を乱射しながら突進した。屋外にいた議会派は散りぢりになり、やがて武装解除された。

屋内での戦闘は依然として続いていたが、先導役とアントノフが立ち上がったのを見て、仙堂は自分が安全な場所までやってきたことを知った。

銃撃戦は三時間におよび、午前零時に、テレビ局を占拠していた議会派が退却した。テレビ局をめぐる攻防は、エリツィン派が勝利した。

# 3

仙堂の属する常心流は、沖縄少林流から誕生した。少林流というと、日本少林寺拳法や中国の少林拳と混同されることが多いが、全くの別組織だ。

琉球空手にはもともと流派といったものはなかった。空手の流派が一般的になっていくのは昭和に入ってからのことだ。

かつて沖縄では、空手は「唐手」と表記され、古くには、発音も「カラテ」ではなく「トゥディー」だった。当時、空手は修行された地域によって、「首里手」「那覇手」「泊手」に区別されていた。

首里手の始祖は松村宗棍《まつむらそうこん》、那覇手の祖は東恩納寛量《ひがおんな》、泊手の祖は松茂良興《まつもらりょうこう》といわれている。

沖縄で流派と呼べるものがいつ生まれたのかは定かではないが、その源流として二つの名が知られている。

昭林流と昭霊流だ。

昭霊流は那覇手であり、後に剛柔流で代表されるようになった。

昭林流は少林流、松村流、小林流、少林寺流と分かれていったが、首里手と泊手を統合したものだった。

つまり、沖縄少林流というのは空手の最も古い流れを汲《く》んでいるのだ。近代少林流の祖は、喜屋武朝徳《きゃんちょうとく》だ。

喜屋武朝徳は徒手拳法だけでなく棒術の達人だった。というより、古来、沖縄空手は棒術を中心とする武器術を包含していた。

現在伝わっている空手の独演型や基本鍛錬のなかにも、棒の手でないと説明がつかない不合理な動きがある。

空手は徒手と棒の手が表裏一体となって発達した技法なのだ。空手の真髄は棒の手を学ばなければ知ることはできないといわれている。

それは琉球に空手を生じさせる源となった中国武術にもいえることだ。有名な嵩山少林寺はもともと拳法よりも棍法――すなわち棒術で有名だった。

八極拳中興の祖といわれる李書文も、六合槍術の名手で、彼は晩年、武器術の手法を拳法に取り入れ八極拳をより完成度の高いものにしたといわれている。

突きや蹴りだけが空手のすべてではない。空手という武術の本当の妙味は棒を持ったときの体術にこそあるのだ。棒を練った者は、棒を持たなくてもその体さばきで戦うことができる。そのときに突き蹴りを棒の代わりの武器として使うに過ぎないのだ。常心流の開祖・池田奉秀はその真理を悟った数少ない空手家のひとりだった。しかも、彼は机上の文献でそれを知ったのではなく、自らの足で沖縄さらには中国を歩き回り、死にもの狂いの鍛錬の果てに悟ったのだ。

仙堂は常心流の門を叩いて以来二十年、修行に励んできた。彼は常心流の四段・奥伝免許を得ていた。

ロシアと常心流は浅からぬ縁があった。常心流は早くからキューバで広まり、軍・警察関係者をはじめとする熱心な愛好者がいた。

一九七〇年代のはじめに、キューバの師範から当時のソビエト連邦に常心流空手が伝えられ、広まった。現在では、旧ソ連邦の共和国や東欧の一部を加え、国際常心流アジア・ヨーロッパ連盟が活動している。

昨年、その連盟から二名のロシア人が日本に派遣され、稽古をした。それから日ロ常心流の交流は本格的になった。

ロシアの人々は、古武道や整体術をも包含した空手に強い興味を示し、是非ロシアで指導をしてほしいと日本の本部に言ってきた。

そこで仙堂が派遣されることになったのだ。滞在予定は九月二十二日から二週間。帰国は十月五日の予定だった。

エリツィン大統領が、人民代議員大会と最高会議を解体し、二院制議会設立のための総選挙を十二月に行うという大統領令を発表したのが、ちょうど九月二十二日のことだった。

以来、大統領派と旧議会派が対立して二重権力状態になるわけだが、仙堂はそんな騒ぎになろうとは思ってもいなかったのだ。

事前に何度もロシアに問い合わせたが、現在モスクワはまったく混乱もなく、心配ないというこたえだった。実際、九月二十二日まではそうだったのだろう。

仙堂がロシアの地を踏んでから、日を追って市内は騒然としてくるのだ。

シェレメチェヴォII国際空港に着いた仙堂はまず暗いと感じた。薄暗がりのなかで黒っぽい服を着た人々がうずくまっているような印象がある。

深夜の停車場を思わせる雰囲気だ。例えば成田空港のような国際空港の華やいだ感じはまったくない。

人々は、身振りも口数も少ない。何かぼそぼそと秘密をささやき合っているような感じだった。

仙堂は、到着ロビーへ向かう通路でアジア・ヨーロッパ連盟の役員たちの出迎えを受けて驚いた。彼らは税関や入国審査のゲートの内側で待ち受けていたのだ。

そのまま仙堂は二階に案内され、カウンター式のカフェテリアで待つようにいわれた。カウンターのなかには体格のいい中年女性がいた。

アジア・ヨーロッパ連盟の役員はコーヒーを注文してくれた。ここも薄暗い。まるでロウソクの明かりで照らしているような感じがする。

よく見ると、カウンターのなかの棚にはコカ・コーラの缶などが並んでいる。

コーヒーはどろりとした感じで、甘かった。仙堂はそのコーヒーをうまいと思って飲んだ。成田から十時間の飛行機の旅で疲れていた。

そこから、彼は車で十五分ほどの場所にあるオリンピック・センターに連れて行かれた。モスクワ・オリンピックの際に選手村として使われた建物だそうで、造りは立派だが、ひどくいたんでいた。

壁やドアがこわれ、どこかうらさびしい感じがする。このセンター内の宿泊施設に泊まり、やはり、このセンター内にある体育館で連盟の指導者クラスの講習会を行うのだ。

天井は高く、施設内のレストランには立派なシャンデリアが四つもあり、帝政ロシア時代からの伝統を偲《しの》ばせた。だが、その四つのシャンデリアもすべて点灯されることはめったになかった。

講習は一週間の予定だった。午前と午後に分かれており、夜には各共和国代表とのミーティングがあった。

エストニア、リトアニア、ベラルーシ、キルギスタン、ウズベキスタン、ウクライナなど旧ソ連の国々やブルガリアなど一部東欧の代表者と酒をくみ交した。

アジア・ヨーロッパ連盟では資金を捻出《ねんしゅつ》するために、常心流の門下生を集めて警備会社を設立したとのことだった。

その会社は成功しているようで、役員たちはいずれも比較的裕福な生活を送っていた。

役員は、軍隊経験者が多く、警察とも関係を持っているようだった。

何より、自分たちで自分たちのスポンサーになるという発想に仙堂は驚かされた。動脈硬化を起こしている日本の経済環境では考えられない活力を感じたのだ。

事実、ロシアは市場経済への過渡期にあり、生活の手段を失う者がいる一方で、たくましくチャンスをつかむ者も確かにいるのだ。

そして、過渡期的な状況になるとどんな都市でもそうなのだが、ロシアも例外ではなくマフィアが台頭しているとのことだった。

実際、モスクワでは、どんな品物でも手に入る。ガソリンを買うのに行列する人々の映像が日本のテレビで紹介されるが、倍の金を払えば並ばなくても好きなだけガソリンが手に入るということだった。

そうした闇の売買を牛耳っているのがマフィアだった。マフィアは単なる犯罪組織ではなく、急速にビジネス化しているという。

一週間の講習が終わると、初めて彼はモスクワ市内に観光に出かけた。

市街地のビルはどれも同じに見える。道の広さと車の多さは意外だった。西側の街ではどこへ行っても宣伝用の看板がまず眼につくが、モスクワではごく一部をのぞいてほとんど見られない。

環状道路はおそろしく広く立派で、その脇に煙草《たばこ》のコマーシャル看板が立っているのが目立つ程度だ。ネオンサインもほとんど見られず、市内で一番目立つネオンサインはテクニクスのものだった。

画一的な市内の建物に比べ、クレムリンの大きさは圧倒的だ。クレムリン宮殿やそれに隣接する寺院は色鮮やかだった。何より、クレムリンの大きさは圧倒的だ。

案内をしてくれた役員のひとりが、尖塔《せんとう》のひとつを指差して、あれはもうじき付け替えられるのだと言った。見ると、尖塔の上には赤い星が光っていた。赤い星は取り去られ、双頭の鷲《わし》がすえつけられるのだ。

最高会議ビル――後のホワイトハウスは近代的な高層ビルで、モスクワ川の流れを見降ろすように立っている。

仙堂は、そのむこうに、巨大な煙突が立ちすさまじい量の煙を空に吐き出しているのを見て信じ難い思いがした。首都の空に煙は昇り、ほとんど雲と一体になっている。煙突があまりに高く巨大なため、煙は完全に雲のように静止して見えるのだ。仙堂はスケール感を失いそうになった。ロシアは何もかもが巨大なのだ。

その後、仙堂はアジア・ヨーロッパ連盟の役員のひとりと行動を共にすることになった。

彼の名は、アントノフ。もと海軍兵士で、現在はカウンター・テロの組織で教官をつとめている。

アントノフは、身長が一九〇センチある巨漢で、鍛え上げられた立派な体格をしている。髪は砂色、眼は青味がかった灰色という典型的スラブ系ロシア人だ。若く見えるが三十歳を超えているということだった。

仙堂は、彼のカウンター・テロ・アカデミーでも空手の指導をすることになった。代わりにアントノフは、仙堂に銃の扱いを教えるという。興味を覚えた仙堂はその条件を快諾した。

午前と午後に空手のトレーニングを行い、夕刻から銃の撃ちかたを学んだ。カウンター・テロ・アカデミーのメンバーは、全員軍隊経験者か警察官で、実戦的なテクニックを好んだ。だが、仙堂は基本の重要さを説き、基本を実戦に生かす知恵を指導した。

拳銃はきわめて興味深かった。武術と同じで余分な力が入ると狙《ねら》いがそれることを知ったのだ。初心者は引き金《トリガー》を引く勢いで撃鉄が落ちるような錯覚を起こす。だが引き金は撃鉄の支えを外すに過ぎないのだ。静かに絞るほど命中率は高まる。

カウンター・テロ・アカデミーで指導を始めて三回目にテレビ局から取材の申し入れがあった。

それで仙堂はテレビ局に出かけることになったのだ。

## 4

仙堂はテレビ局を脱出した後、ホテルに戻り、通訳のナハーロフ、彼を救出に来てくれたアントノフとともにテレビを見つめていた。

オスタンキノ国営テレビ局が議会派に占拠され、午後七時半から放送を中止していた。ロシア・テレビも議会派によって占拠されたが、こちらは何とか放送を続けていた。

ロシア・テレビでは、午後八時の報道番組『ベスチ』（ニュース）を地下放送のルートを使って流した。

番組のなかでキャスターは、「オスタンキノが襲撃されたため、他の場所から放送します」と説明した。

オスタンキノには、一チャンネルの国営放送局だけでなく、二チャンネルのロシア・テレビが入っている。

ロシア・テレビは、タス通信やインターファクス通信の速報を読み続け、その後、大統領支持派の座談会を放送して、エリツィン支持を明確に打ち出した。

国営オスタンキノ・テレビも、解放後放送を再開した。オスタンキノ・テレビでは、ロシア・テレビで制作したニュース番組をそのまま放送した。

アントノフがテレビを見つめたまま、何か言った。

「何だって?」

仙堂は通訳のナハーロフに尋ねた。

「エリツィン派は、放送局襲撃を理由に、本格的に議会派を叩《たた》きに出るだろうとアントノフは言っています」

彼はプロだけあって戦況の分析に長《た》けていた。事実そのとおりになった。

議会派の主勢力は、最高会議ビルに立てこもっていたが、エリツィンは、最高会議ビルに対する本格的な攻撃を命令したのだ。

そびえ立つ最高会議ビルの周辺は、十月三日の夕刻から、議会派民衆によって「解放区」となっていた。

十月四日の朝六時すぎ、ぎりぎりまで行動をひかえていた軍が動き始めた。十七両の装甲車が最高会議ビルを取り囲んだ。六時四十分に議会派のほうから発砲し、七時すぎに、ついに軍の攻撃が始まった。

最高会議ビルを守っていたのは、ビリニュス、リガ、チュメニからやってきたオモン（内務省特殊部隊）の元メンバーや北オセチア、モルドバから駆けつけた一部の部隊、そしてネオ・ファシスト・グループなどだと伝えられた。

十時間におよぶ銃撃戦が続いたが、それに終止符を打ったのは、カテミール師団の戦車による砲撃だった。

百メートルほど距離のありそうな橋の上から、砲弾は撃ち込まれ、ビルの正面に着弾した。午後四時のことで、その後、議会派は降伏した。

最高会議ビルは大統領のものとなり、ホワイトハウスとなったが、戦車の砲撃により真っ黒だったため、市民はひそかにブラックハウスと呼んでいた。

モスクワで市街戦が行われたのは一九一七年のロシア革命以来のことだという。この大騒動にもかかわらず、モスクワの市民活動はあっという間に正常に戻っていた。クレムリン周辺のモスクワ中心街では、事後処理のため、ひどい交通渋滞だったが、都市機能は回復していた。

ホワイトハウスには、まだ立てこもっている議会派がいるという話だが、すでに一般の市民は興味をなくしているような感じだった。

仙堂はこうしたモスクワ市民のたくましさに舌を巻く思いだった。彼らは非常事態をものともせず日々の生活を続けている。

四日の夕刻、戦車の砲撃により、ホワイトハウス周辺は黒煙に包まれたが、それを見物する野次馬がいた。なかには記念撮影をしている人々の姿もあった。

五日の午後七時の便でモスクワを発《た》つ予定になっていた仙堂は、空港がちゃんと機能しているのか、飛行機は飛ぶのかと不安に思っていた。だが、それはまったくの取り越し苦労だった。

モスクワの市民にとって、戦争などそれほど驚くべきことではないのかもしれないと仙堂は思った。それが、自分たちの住んでいる街で起こったとしても、だ。

常心流アジア・ヨーロッパ連盟の役員たちが全員空港に集まり、見送ってくれた。ロシアの人々は事あるごとに赤いバラを贈ってくれる。

このときもそうだった。とげの多い野性的なバラだが、花を贈られる気分というのはいかなるときでも悪くない。

到着のときと同様、一般のチェックイン・カウンターではなく、VIP専用口に案内された。

スモークの入ったドアのむこうは、絨毯《じゅうたん》が敷かれており、ソファが並んでいる。決して豪華なソファではなく、実用本位の感じだが、どこもかしこも愛想のないモスクワにあっては充分に居心地のいい部屋だった。

その部屋のなかにチェックイン・カウンターと手荷物カウンターがある。手荷物カウンターの係員は中年女性で、ひどくぶっきらぼうだ。いかにも役人然としている。

市場経済の導入は、まだ制度の上でのことであって、一般の習慣を改めるところまでいっていない。空港の職員は、自分のことを役人だと信じて疑わないのだ。

手荷物カウンターは入口から見て左手にある。一方、入口から正面にあるチケッティング・ビューローおよび、チェックイン・カウンターは、多少は印象が違った。

愛想こそふりまかないが、当たりはずいぶんソフトな感じがする。市場経済というものを理解できる層とできない層の違いなのかもしれなかった。

海外に出るたびに、仙堂は出発時の感傷がどうにかならないものかと思う。

二週間、行動を共にしたロシアの人々との別れは淋《さび》しかった。命を懸けてテレビ局から救出してくれたアントノフには、何と言っていいかわからないほど感謝している。

彼らは、VIP専用ゲートから、いつまでも手を振っていた。

金属探知機の係員は、これもひどく無愛想な中年女性だった。世の中すべてがおもしろくないという顔つきで機械を通過してくる荷物を見つめている。

だが、仙堂の袋からバラがこぼれ落ちるのを見て彼女は思わずほほえんだ。仙堂がそのバラを差し出すと、太った中年女性は、まったく別人のようにうれしそうな表情を見せた。

アエロフロート機はジャンボ・ジェットを見慣れた仙堂にはひどく小さく見えた。今どきの国際便とは思えなかった。

だが、機体の大きさと安全性は何の関連もない。アエロフロート機は、定刻どおり飛び立った。

六時間の時差があり、成田空港に着いたときはひどく疲れていた。迎えなどないものと思っていたが、道場の後輩が来てくれていた。

海外から帰ったときの出迎えはうれしいものだ。

仙堂は、明るく清潔な成田空港のロビーを眺め、日本に帰り着いたことを実感した。成田空港はどこもかしこもぴかぴかだった。

ロシアから帰った仙堂には照明がひどく明るく感じられた。その明るさと清潔さは神経質なくらいで、仙堂はかえって居場所に困るような気がした。ロシアの空港の、どこか停車場に似た雰囲気を思い出していた。

仙堂は、銃撃戦のなかから、生死をかけて脱出したことが夢のように感じられた。胸のポケットに入っている八ミリ・ビデオのカセット・テープだけが、現実の出来事だったことを証明している気がした。

仙堂は帰宅し、一日たっぷりと眠った。翌日は、午後から、本部道場に出かけ、ロシアの報告を済ませた。

時差の影響が残っており、つらかった。夕刻から道場で指導をして、稽古が終わると、すぐに家に引き上げてしまった。

本部道場は、新大久保駅から歩いて十分ほどのところにあり、仙堂は高田馬場の安アパートに住んでいた。道場を出てから家に帰りつくまで三十分とかからない。

空手家に限らず、武術家の常だが、仙堂は貧しい暮らしをしていた。というより、武道だけで生活できる者がごく稀《まれ》なのだ。

空手を学ぶ者のほとんどは、ちゃんとした仕事を持っており、ボランティアで後輩の指導をする。それは柔道でも剣道でも事情は変わらない。指導だけで生活できる空手家は並外れた実力者に限られるのだ。

仙堂が住んでいるのは六畳に四畳半、それに小さな台所とトイレがついているだけの部屋だった。風呂はなかったが、それほど気にしたことはなかった。

彼は銭湯通いを気に入っていたし、稽古のあとは道場でシャワーを浴びることもできた。

部屋に戻ると、まず、彼は、ロシアに電話をした。無事日本に着いたことを知らせ、礼を言おうと思ったのだ。

直通の国際電話の番号をダイヤルし、ロシアの国番号の七、そして、モスクワのエリア・ナンバーの〇九五をダイヤルする。続いて、彼はナハーロフの会社をダイヤルした。彼は、出版関係の仕事をしていると言っていた。

日本は午後十時だったので、モスクワは午後四時ということになる。電話はすぐにつながり、仙堂は英語でナハーロフと話したいと伝えた。

一般にモスクワでは英語はほとんど通じない。英語を話せるのはごく限られた人々だ。ソビエト時代、ロシアの人々は、KGBなど当局の眼を恐れ、アメリカ人や西欧人と接触するのを避けていたのだという。

出版関係の仕事場なら、英語も通じるだろうと思ったのだ。いざとなれば、日本語で押し切ろうと考えていた。

幸い英語は通じ、ナハーロフが出た。

「昨日、こちらの時間で午前十時に成田に着いた」

仙堂は言った。「本当にお世話になりました。皆さんによろしくお伝えください」

「仙堂さん……」

ナハーロフの声が緊張しているように感じられた。「ちょうど電話しようかと思っていたところです」

仙堂は長年の武術修行のおかげで、人の反応に敏感だった。彼は尋ねた。

「何かあったのですか?」

「アレクサンドロフが死体で見つかりました」

仙堂は奥歯をぎゅっと嚙《か》みしめていた。

「そうか……」

仙堂は、歯の間から押し出すような感じでそれだけ言った。

「銃撃戦に巻き込まれたのだと、ニュースでは言っていました。多くのモスクワ市民があの事件で死傷しましたから……。でも……」

ナハーロフはそこで言葉を切った。仙堂には彼の言いたいことはよくわかった。仙堂は言った。

「私も、流れ弾に当たったとは思わないな……。おそらくマフィアに消されたんだろう」

「気をつけてください。彼が殺されたということは、ビデオ・テープのありかをしゃべったと考えたほうがいいです」

ナハーロフの言うことはもっともだった。マフィアは、ビデオ・テープのありかを吐かせようとしたに違いない。

拷問するか、弱味を握るかしてアレクサンドロフに威《おど》しをかけたはずだ。弱味というのはモスクワから離れさせたという家族のことだったかもしれない。

アレクサンドロフが口を割らなければ、彼はまだ生きていたと考えていい。

拷問に屈せず口を割らずにいるというのは思ったよりずっとむずかしい。たいていの人間は耐え切れずしゃべってしまうものなのだ。

自分はそんな人間ではない、と考えている者でも、実際の暴力にさらされれば案外もろいものだ。そして、人にはそれぞれ精神的外傷《トラウマ》があり、あるいはどうしても苦手なものがある。それを発見され責められたらひとたまりもない。

口を割ったとしてもアレクサンドロフを責めることはできない。

そして、マフィアたちは、アレクサンドロフを許さなかった。見せしめとして殺す必要があったのだ。こうした情け容赦ないやりかたが人々に恐怖を与え、それが影響力となるのだった。

仙堂は電話を切ると、急に居ても立ってもいられない気分になった。死んだアレクサンドロフのために何かせずにはいられなかった。

時差ボケによる眠けも旅の疲れも消え去っていた。

ビデオ・テープを一刻も早くテレビ局に持ち込みたかった。彼は、電話帳を見て、民放テレビ局とNHKすべてに電話してみた。

代表番号しかわからず、営業時間外であるというアナウンスが流れてくるだけだった。明日は道場を休んでテレビ局回りをやってみようと彼は思った。

興奮と時差のせいで、その日はよく眠れなかった。朝が来ると逆に猛烈に眠くなったが、彼はしゃにむに起き出し、台所の流しで水を顔に叩きつけて目を覚まそうとした。

まず、彼は、NHKに電話をして、報道局につないでもらった。

「ロシアのマフィアと日本のヤクザが取り引きしている現場をおさえたビデオがあるんだが……」

仙堂は説明した。電話に出たのは若い男のようだった。

「はあ……? それは何のことです?」

「だから、ロシアのマフィアと……」

「それはわかりました。それで……？」

「このビデオを放映してもらいたいんだ」

「どこで手に入れたのです」

「つい先日までモスクワに行っていたんだ。モスクワのテレビ局の男から手渡された」

「モスクワにいた？」

男の声の調子が少しばかり変化した。彼はにわかに興味を覚えたようだった。「それはいつのことです？」

「九月二十二日から十月五日まで」

「じゃ、市街戦を経験したのですね？」

「テレビ局が議会派に占拠されたとき、私はそのテレビ局にいた」

「あの、よろしければ名前と住所をお教え願いますか？」

「そんなことはどうでもいい。マフィアとヤクザのビデオは放映してもらえるのか？」

「銃撃戦の様子はビデオに撮っておいでではないですか？」

「撮ってない」

「テレビ局内はどんな様子でした？　詳しくお話しいただけませんか？」

仙堂は電話を切った。

報道関係者にとっては、モスクワの銃撃戦は、『ホットな話題』なのだ。日本人がテレビ局の銃撃戦の現場にいたなどという話を見逃がす手はない。

それに比べると、ロシアン・マフィアとヤクザが取り引きをしているなどというネタはどう考えても地味なのだ。

現在、東京とモスクワの間では、それほどさかんな交流があるわけではない。しかし、ハバロフスクやウラジオストックと秋田、北海道というのは実にさかんに交流している。

ハバロフスクやウラジオストックといった東部の街から、秋田、北海道へ中古車の大量買いつけに商人がやってきたりしている。そこには利権が生じ、利権のあるところには必ずといっていいほどヤクザが顔を出す。

仙堂は、切り出しかたが不用意だったと反省した。何とか、テレビ局の連中の心をくすぐるような言いかたをしなければならない。

次に仙堂は、新宿区河田町にある民放テレビ局に電話をした。同様に報道局につないでもらう。

相手が出ると、仙堂は慎重に言った。

「ロシアのテレビ局の人間から、日本でぜひ放映してくれとあるビデオ・テープを託された」

「ほう……。どんなビデオです？」

「大がかりな陰謀の証拠だ。政治家とマフィアがからんでいる」

「マフィア？　ロシアの？」

「そうだ」

「それを日本で放映するのにどんな価値があるのです？」

「それに日本のヤクザもからんでいる」

「ヤクザ……」

相手は慎重になった。「広域暴力団ですか？」

仙堂は、そのヤクザがどういう組織の人間か知らなかった。アレクサンドロフからただビデオにヤクザが映っていると聞かされただけなのだ。

だが、ここでしどろもどろになるわけにはいかなかった。仙堂は平然と断言した。

「もちろん、そうだ」

「そうですね……」

彼は、一瞬考えてから言った。「一度、そのビデオを拝見できますか?」

「放映はしていただけるのかな?」

「それは、ビデオの内容を詳しく見てみないと何とも……」

「わかった。持って行こう」

「一時に、こちらへ来ていただけますか?」

「うかがいましょう」

仙堂もまだそのビデオを見ていない。彼は八ミリ・ビデオを再生できるデッキなど持っていない。

テレビ局へ行けば、そのビデオを見ることができる。そうすれば、そのビデオがどれほどの価値のあるものか実感できるはずだと彼は思った。

# 5

テレビ局の記者はモニターの画面をじっと無言で見つめている。

画面は照明が足りず、全体に緑がかって見えた。場所は仙堂にも見覚えのあるレストラン『さくら』だ。

カメラは座敷にまで入り込んでいた。テーブルの下は掘《ほ》り炬燵《こたつ》のような形になっており、正座せずに腰かけるように足を投げ出せる。

そこには、五人の男たちがいた。上座に眉《まゆ》の太い、太ったロシア人がすわっている。

そのロシア人から見て右側に、すっきりとした背広を着たふたりのロシア人がいた。テーブルをはさんで、そのふたりのロシア人の向かい側にはやはり背広を着たふたりの日本人らしい東洋人がいる。

上座の太ったロシア人が、アレクサンドロフが言っていた旧共産党系議員のサハローニンなのだろう。

向かい合っているふたりずつのロシア人と日本人が、マフィアとヤクザというわけだ。

画面が揺れて隠し撮りであることがわかる。座敷のなかの場面はそう長く続かず、すぐに場面が切り替わった。

それぞれの座敷への出入口にある格子戸が映った。

そこから次々と出てくるサハローニン議員、日本のヤクザ、マフィアが映し出された。今度は、それぞれの顔がはっきりとわかった。

やがて映像がとぎれた。

記者はしばらく早送りをしてから、テープをストップさせた。

「これだけですか？」

記者が仙堂に尋ねた。

「そのようだな」

記者はテープを巻き戻した。

興味を覚えたようには見えなかった。彼はテープが巻き戻るのを何も言わず待っていた。テープが止まると、それをイジェクトして手に取り、それを見つめていた。

「このテープに映っている人物の名前や素性はわかっているのでしょうね？」

「私にそれを託したロシアの記者は、旧共産党系のサハローニンという政治家だといっていた」

「サハローニン……。聞いたことありませんねえ……。旧共産党系ですか……」

記者は何かを考えていた。

仙堂には彼が何を考えているのかだいたいわかった。ビデオ・テープの内容や、どうやってそれを取り上げようか企画を考えているわけではない。

どういう理由で断ろうかを考えているのだ。

やがて、彼はビデオ・テープを仙堂のほうに差し出して言った。

「フリーのジャーナリストと称する人から、よくこういうニュース・ネタの持ち込みはあるのですが……テレビ局というのは扱いに慎重にならざるを得ないのです。わかりますか？」

「さあ、よくわからない」

記者は、露骨にあきれた顔をして見せた。

「いいですか？　電波というのは公共物です。いいかげんなことは放送できないのですよ。特にテレビというのは影響力が大きい。メディアとしてこれほどの力のあるものは、他にないのです。その影響力というのは諸刃《もろは》の剣なのです。つまり、どこで誰が見ているかわからない。些細《ささい》な失敗も大きな問題となるのです」

「驚いたな」

仙堂は言った。「テレビ局で働く人が、そういうモラルを持っているとは思わなかった」

記者は明らかに気分を害したようだった。

「そりゃ、テレビというのは、娯楽番組が中心ですからね。でも、報道の役割も充分に果たしているのですよ。大きな事件が起こったら、報道特別番組が組まれるというのは、あなただってご存じでしょう」

仙堂は、ビデオ・カセットを胸のポケットにしまった。

「これは報道に値しないというわけかな?」

「報道には責任がともないます。はっきりとした背景がわからないとてもテレビでは放送できないのです」

「はっきりとした背景……?」

「そのために、われわれ報道機関はちゃんとしたシステムを作り上げているのです。

民放各局は、そのために地方局とのネットワークを作り、さらに放送記者クラブというものを作りですね、ニュースの信頼性を高めているのですよ」

「芸能人が付き合ってるだの、一夜をともにしたといった話には未確認情報でも飛びつくのはなぜだろうな？」

記者は顔をしかめた。

「ありゃ、報道じゃありませんよ。ワイドショウというのはバラエティーです。芸能人の色恋沙汰をニュースと同じくらい真剣に受け止める人はいません。バラエティーの人間というのは、放送したことに責任を取ろうなんて考えちゃいないんです。彼らが考えていることはただひとつ、視聴率なんです」

同じテレビ局のなかにあっても、立場が違えば考えかたも変わるのかもしれない。

そういえば、この局では、報道番組のなかのアクシデントや失敗を集めてバラエティー番組にしてしまうのだ。この記者は、バラエティー番組の担当者たちに批判的なようだと仙堂は思った。

仙堂はここで、テレビの倫理について論じ合う気などなかった。

彼は、なるべくテレビ局の事情というのを知っておくべきだと考え、尋ねた。

「では、テレビ局ではそのネットワークや記者クラブを通じて入ってきたこと以外、報道しないというわけですか？」

「外信部というものがあり、海外のニュースは、特派員が送ってきます。まあ、局によって呼びかたは多少変わりますが、海外のネタはそうやって報道します。一部の局では、CNNやABCといったアメリカのテレビ局と番組提携して向こうのニュースをそのまま流したりもしていますね」

「ほう……。私は素人《しろうと》なんで、あくまでも印象で言うのだが、ニュースが管理されているように聞こえるな……」

記者は、肩をすぼめた。

「ある程度は必要なことですよ。さきほども言ったように、報道には責任が付きまといます。無責任な報道をするよりずっといい」

仙堂は本当に驚いてしまった。

「管理された報道というのを認めるのですか？」

「程度問題だと思いますよ。私たちは大本営発表をそのまま放送しているのとは訳が違います」

仙堂は、大本営発表と、現在の報道のありかたが本質的にあまり変わらないような気がしていた。だが、そのことは口に出さず、尋ねた。

「ニュースでこのビデオを流すのは無理としても、ドキュメンタリーの一部とかで取り上げられないのかな?」

記者は、ぽかんとした表情で言った。

「うちの局に、ドキュメンタリー番組なんてありませんよ。視聴率、取れませんからね」

仙堂はつくづく、局の選択を誤ったと思った。もっと報道に力を入れている局があるはずだと考えた。

仙堂は席を立った。

「どうもお邪魔しました」

その局を出ると、仙堂は電話ボックスを探した。

ようやく見つけてボックスに入り、電話帳をめくろうとすると、電話帳はあちらこちらが破れてひどいありさまだった。目的の電話番号のページは残っているか心配だったが、何とかそのページは難を逃がれていた。

六本木にあるテレビ局に電話をして、報道局の人間に面会を申し入れた。すぐに会ってくれるというので、仙堂は六本木に出かけた。

そのテレビ局で仙堂と会ったのは、記者ではなく、ニュース・デスクのディレクターだった。

スポーツジャケットにノーネクタイ。靴下の上からサンダルをひっかけていた。

「拝見します」

ディレクターは仙堂から八ミリ・ビデオのカセットを受け取り、デッキにかけた。

ひととおり映像を見終わると、イジェクトせず、そのまま考え込んだ。

「残念だが、うちでは扱えない……」

「ニュースの価値はありませんか？」

「そう。これだけではね……このビデオを撮るに至った経緯というか……、実際に何が起こっているのかといった事情が詳しく聞ければね……」

ディレクターの口調は、本当に残念そうだった。演技かもしれないと仙堂は思ったが、それでも、さきほどのテレビ局よりも救いがあるような気がした。

それで、仙堂は、そのビデオをどうやって手に入れたかを話す気になった。

「そのビデオを私に手渡した男は、死んでしまった」

「死んだ……？」

「そう。十月三日。オスタンキノ放送局に議会派が襲撃をかけた際に……」

「巻きぞえで？」

「一般にはそう思われているようだが、彼は襲撃してきた議会派のなかにマフィアが混じっていたと言っていた。そして、その男は、私の目のまえで、マフィアらしい男に連れ去られた。そして、私が彼の死を知ったのは、きのうのことだ。オスタンキノ局内で、死体で発見されたということだ」

ディレクターは眉《まゆ》をひそめた。

「では、マフィアに殺されたのだと……？」

「私はそう考えている」

「それは……」

ディレクターは困惑したような表情で言った。「モスクワの銃撃戦にマフィアが一役買っていたということですか？」

「さあ。私は知らない。私がいたテレビ局を襲撃した連中のなかに、何人かマフィアが混じっていたのは確かなようだ」

「モスクワの特派員からは、三日から発令されている非常事態令と外出禁止令のおかげで、マフィアが大量検挙され、市民には好評だったという報告があった……」

「別に矛盾しているとは思えないね。テレビ局を襲撃したのは議会派だし、非常事態令や外出禁止令を出したのはエリツィン大統領なのだろう?」

ディレクターはうなずいた。

「おそらく、マフィアはどんなことにも首を突っ込んでくるのでしょうな……」

「このビデオを私に託した男は、国営テレビの記者だったがね。今やマフィアのなかには一流のビジネスマンでかなりの発言力がある者もいると言っていた。テレビ局に圧力をかけるようなこともできるらしい」

ディレクターはうなずいた。

「ニュースで取り上げることはできないかもしれないが、ニュース・ショウの特集などでは取り上げられるかもしれません。話を聞くと、このビデオを巡る状況はなかなか面白そうだ」

「かつてはニュース解説などと呼ばれていましたが、今はかなりショウ・アップされた番組になっているのです。ニュース・キャスターが売り物でしてね……」

「ニュース・ショウ……？」

「私は、効果的であれば、どういう形で取り上げてもらってもいいと考えている」

「番組ごとにデスクが違いましてね……。ニュース・ショウのデスクに話をしてみますよ。これ、おあずかりしてよろしいですか？」

悪い話ではないと思った。

しかし、仙堂は、ビデオ・テープをあずけっぱなしにするのをためらった。あずけたはいいが、誰かの机のなかで眠ってしまう可能性もあるのだ。

一度そうなってしまったら、何度電話しようが梨のつぶてという恐れもある。誤って捨てられてしまう心配さえあった。

仙堂にとっては、大切なものだが、テレビ局にとって同じくらい大切とは思えない。

仙堂は言った。

「いや。ビデオ・テープは、確実な話が決まるまで私自身で保管しておきたい。そのビデオのために人ひとりが死んでいる。もしかしたら、私の知らないところで、もっと多くの人が死んでいるかもしれない」

「うちでダビングしましょうか？　オリジナルを保管されていれば問題ないでしょう」

「このテープを持っていること自体が危険なのかもしれない。私は危険を増やしてばらまく気にはなれない」

ディレクターはうなずいて、カセットをイジェクトした。ビデオ・カセットを仙堂に手渡すと、彼は言った。

「そうですか……。とにかく、ニュース・ショウのデスクに話をしてみます。具体的な話が持ち上がったらあらためて連絡しますよ」

仙堂は礼を言って六本木のテレビ局を後にした。

彼は、テレビ局というのは、番組ごとにスタッフが分かれており、そのスタッフに話を持っていくほうが近道だということを学んだ。

時計を見ると、午後四時だった。あと一局くらいは楽に回れると思った。彼は赤坂にある局を訪ねることにした。

仙堂は、『ニュース・アンカー』というその局の番組を時々見ていた。空手の指導が終わるのが夜の九時だった。それから、夕食を兼ねて、道場生と一杯やり、帰宅するのは夜の十一時ころだ。

『ニュース・アンカー』は、その時間帯に放送していた。就寝前にぼんやりと眺めているにはいい時間帯のニュースショウなのだ。ニュース・キャスターにも好感を持っていた。

表情や身振り手振りが大げさなテレビの出演者たちというのは、テレビを見慣れていない者にとっては、狂躁的に映る。テレビに出る人々は、常に大声でわめき散らし、心のなかにあることを百パーセント表に出さなければ気が済まないといった感じだ。

日常生活でそんな振る舞いをすれば、頭がおかしいと思われるのが落ちだ。その点、『ニュース・アンカー』のキャスターは、実に穏やかに視聴者に語りかける。キャスターの存在自体は地味だが、確かに知性を感じることができるのだ。

仙堂は電話ボックスに入り、赤坂のテレビ局の代表番号をダイヤルした。『ニュース・アンカー』のスタッフに電話をつないでもらう。

若い男が出た。

見てもらいたいビデオがあるというと、男は即座に面会の時刻を決めた。五時からなら時間が取れるという。

仙堂はその時間に訪ねると言って電話を切った。

彼はNHKとふたつの民放の反応で、ビデオの価値に自信をなくしかけていた。アレクサンドロフが命を懸けたビデオではあったが、同じ事実であってもロシアと日本では価値が違うのではないかと疑問に思い始めたのだ。だが、仙堂はその疑念を打ち払った。

ここで、仙堂がぐらつくわけにはいかなかった。考え過ぎはよくないと彼は思った。武術の極意は「恐れるべからず、惑うべからず、疑うべからず」だ。

たとえ、そのビデオが、日本の放送局にとってそれほど価値のないものであっても、押し切るくらいの心構えでいるべきだと思った。

仙堂は、アレクサンドロフに、確かに共感を覚えた。それはジャーナリストと武術家という立場を超えた共感だった。

仙堂はアレクサンドロフを信じたし、アレクサンドロフも仙堂を信じたのだ。何度会って、何百遍話し合っても信じることのできない相手もいる。だが、一度会っただけで信じられる人間もいる。

仙堂は自分の他人を観る眼を信じていた。武術家というのは腕っぷしを鍛えるだけではない。相手を観る眼を養うことが目的なのだ。

武術の世界ではこれを眼付けという。

眼付けというのは現代では相手の構えや攻撃に眼を向けることを指しているが、本来は、医者の見立てと同義語だった。

武術と五行説にもとづく東洋医学はもともと表裏一体を成していた。例えば、五行説における五色、つまり、青、赤、黄、白、黒はそれぞれ五臓に対応している。

青は肝臓、赤は心臓、黄色は脾臓《ひぞう》、白は肺、黒は腎臓《じんぞう》だ。これらの五色は顔色に表れることが多い。肺を病んでいる人は色が白くなる。肝臓をやられた人は特に目の下から頬《ほお》にかけてが青くなる。腎臓をわずらっている人は顔色が黒っぽくなる。

昔の武芸者は顔色を見て、相手の健康状態を見て取ったのだ。さらに、五臓は五窮に対応する。肝は目に、心は舌に、脾は口に、肺は鼻に、腎は耳に対応する。

また、肝臓は脚の内側の足厥陰経という経絡と結びついている。心臓は手少陰経という腕の小指側を通る経絡に、脾臓は足太陰経という脚のやはり内側を通る経絡に、肺は手太陰経という腕の親指側を通る経絡に、腎臓は足少陰経という脚の最も内側を通る経絡にそれぞれ対応している。

昔の武芸者は、相手の顔色を見る。例えば目の下や頰が青く見えたとしたら、肝臓が弱っていると判断する。すると肝臓の経絡の通っている脚の内ももからすね、足の親指にかけての働きがとどこおっているということがわかる。そこの動きが鈍いのだ。また目も弱っているはずだ。そうするとおのずから、攻撃は限られてくる。

そうしたことを見て取るのが眼付けであり、その技倆《ぎりょう》のない者は奥伝を得られなかったといわれている。

眼付けという武術の用語は、合戦の際にも使われ、戦闘の状況判断をする者をそう呼んだ。後に、江戸幕府は役職としてその用語を使った。

仙堂は、東洋医学の知識とともにそうしたことを学んだ、現代では数少ない武術家のひとりだった。

## 6

赤坂のテレビ局で仙堂を出迎えたのは、たいへん大柄な若者だった。身長もあるが体重もありそうだった。日本ではあまりお目にかかれないほどの巨漢だ。だが顔つきはむしろ童顔で、どちらかといえばおとなしいタイプの男だった。彼は丁重な態度で仙堂と接した。

彼は向井田《むかいだ》と名乗った。

ビデオを見ると、彼も、他の民放二局の人間と変わらない反応を見せた。彼はじっと画像の消えたモニター画面を見つめていた。眼鏡を人差し指で押し上げてから、仙堂のほうを向いて言った。

「これだけではどうにも判断ができませんね。映っている人々の素性もはっきりしないですし……」

「中央にすわっているのは、旧共産党系のサハローニンという政治家だということだが……」

「共産党独裁時代には、その体制を利用して私腹を肥やす政治家がいたという切り口で取り上げることもできたかもしれませんが、ご存じのようにエリツィンは一九九一年に共産党を解体し、今回の暴動を機に旧共産党つぶしを目指していますからね……」

「政治的な見方をすれば、そういうことになるかもしれない。だが、これが国際的犯罪の証拠と考えれば、価値も出てくると思うがな……」

「国際的犯罪……？　どんな犯罪です？」

「それはわからない。だが、暴力団がマフィアと取り引きをしているんだ。何か犯罪的なことに違いないだろう」

「でも、このビデオを見る限り、ただの商取り引きでしかないですよ」

「マフィアたちは、このビデオを取り戻そうとして、ロシアのテレビ局の記者をひとり殺している」

「ほう……」

童顔の巨漢は、目をしばたたいた。興味を覚えたような感じだった。

そこで、仙堂はもう一度、オスタンキノ・テレビ局で起きたことを話さねばならなかった。

向井田はじっと仙堂を見つめている。それが彼の、話を聞くときの癖であることに仙堂は気づき始めていた。

仙堂が話し終わると、向井田はまた目をぱちぱちとさせて尋ねた。

「あなた、その現場にいらしたのですか？」

「いた」

仙堂は、向井田がNHKの記者のように、暴動そのものに興味を持ったのだと思った。

彼は何度かテレビ局の人間と話をするうちにそれもしかたのないことだと思った。ならば、そのときの体験談と抱き合わせで、ビデオを売り込んでもいいと考え始めていた。

どんな形であれ、ビデオが役に立たず葬り去られるよりいいと思ったのだ。

向井田は言った。

「議会派のなかにマフィアがいたというのは間違いないのですね？」

「間違いない」

仙堂はあのときのことを思い出しながら言った。「アレクサンドロフというテレビ局の記者を私の目のまえから連れ去ったのだが、いっしょにいた通訳がそのときのやりとりを聞いている」

「マフィアがこのテープを奪おうとしていたのですね？」

「そうだ」

「つまり、それが、何か犯罪を行っていることの証《あかし》だと考えていいですね。単なる取り引きの現場を撮影されただけなら、マフィアが奪おうとする必要はないですからね」

「そういうことだな……」

向井田は時計を見た。

「このあと、お時間はありますか？」

空手の指導があったが、話によっては別の者にまかせてもよかった。

「何とかあけられるが……」

「食事でもしながら話をしませんか？　もっといろいろうかがいたい」

「それは、ビデオ・テープを放映してくれるという意味なのか？」

「その可能性を探りたいのですよ。企画次第では使えると思います」

仙堂は、あらためて向井田を見た。

「話を持ち込んでおいてこう言うのも変だが、取り上げてもらえるなんて信じられないような気分だよ」

「そりゃまた、どうしてです？」

「ここに来るまでに、ＮＨＫに電話をし、他の民放二局を訪ねた。あまり反応が芳しくなかったんでね」

「へえ、そうですか。でも、僕も取り上げるとは言っていません。何かそのビデオを利用できるような企画が思いつくかもしれないと言っているだけです」

「大きな前進だと思う。それに、私は少々人を観るんだ」

「そいつはこわいな」

「今夜十一時から生放送なのだろう？　仕事のほうはだいじょうぶなのかな？」

「僕たちは二つの班に分かれて仕事をしています。今夜は別の班の担当なんですよ。つまり、今日は取材日というわけです。片付けたいことがあるんで、十分ほど待ってもらえますか」

「かまわんよ」

　結局、仙堂は二十分待たされた。

　ふたりで局を出たのは、六時近くだった。並んで歩くと、向井田の大きさがひときわ実感できた。仙堂は、一七五センチと平均的な身長だから、一〇センチ以上差があった。体重はおそらく二〇キロ以上違うだろう。

だが、童顔のせいか、その物腰のせいか、向井田はまったく威圧感を感じさせないのだった。

向井田は、仙堂を乃木坂通りにあるベトナム料理店に連れて行った。

生春巻や鶏の香草揚げなどから始め、ソフトシェル・クラブの揚げ物やスパイスの効いた鶏の煮込みなどを平らげた。

向井田は体格どおりの食いっぷりを見せた。仙堂も体格の割には健啖《けんたん》家だ。彼は日頃の運動量が多いので、いくら食べても太るということがない。

向井田はよく食べるだけでなく、よくしゃべった。

「ネットワークだ特派員だといってもですね」

彼は言った。「実際のところ、最も危険なところへ足を運んでいるジャーナリストはフリーの連中なんですよ。彼らは文字どおり命を懸けている。一発当てるという野心のせいかもしれませんね。つまり、フリーの連中にとって名誉と金は同義語なんです。カンボジアでも、最も危い橋を渡っているのはフリーのジャーナリストでした」

「だから、ビデオの持ち込みに好意的だったのか？」

「こちらもいいネタを逃がしたくありません。僕らはいつだって特集のネタを探しているんです」

「他局の報道局の連中は違った印象だったがな……」

「基本的に日々のニュースを正確に伝える立場の人間と、ニュースを掘り下げねばならない立場の人間は考えかたが違ってきますよ。僕もニュース・デスクにいたら、仙堂さんの持ってきたビデオには興味を示さなかったかもしれませんね」

「私にもそういう事情が呑《の》み込めてきたよ」

「ロシアにはどういう用事で出かけたのです?」

「むこうに、旧ソ連邦の国々を中心とする空手の連盟があってね。その指導で出かけた」

「へえ……。空手ですか?」

「そう。われわれの流派の連盟で、早い話がロシア支部だ」

「見えないなあ……」

「それでなめられることがよくある」

「十二月にロシアの総選挙があります。そのときには、またロシアの報道が活発になるでしょう。そういう時期なら、特集も組みやすいんですが……」

「こちらとすれば早いほうがありがたい」

「そうあせる必要はないでしょう。時事ネタじゃないんですから」

「マフィアは、ビデオ・テープのありかを吐かせようとしてアレクサンドロフを連れて行った。そして、アレクサンドロフは殺された」

「アレクサンドロフという人が用済みになったからと考えているのですか？」

「そう。彼は私にビデオを渡したことを話したかもしれない。そう考えて用心していたほうがいい。ビデオを一刻も早く放映したいのもそのせいだ。放映するまえに、私に何かあってビデオを盗まれでもしたら、アレクサンドロフに、あの世で合わせる顔がない」

「ダビングをしたらどうです？」

「そのダビング・テープを持っている人々全員が危険にさらされる可能性がある。実際、ビデオの内容を見たというだけで狙われるかもしれないんだ。そういう危険は最小限にとどめておきたい」

「でも、ロシアのマフィアに何ができるというんです？」

「忘れちゃいけない。彼らはヤクザと取り引きがあるんだ」

「でも、あなたのことを探し出せるかどうか……」

「うちの流派のアジア・ヨーロッパ連盟に問い合わせれば、私のことは簡単にわかってしまう。住所だって知られてしまうだろう」

「まさか、そこまで……」

「アレクサンドロフは殺されたんだ」

「ですが……」

「まあ、はっきりしないことをいくら話し合っていてもしかたがない。問題は、あんたの番組でビデオを放映してくれるかどうかだ」

「そのビデオの周辺を探ってみなければなりませんね……」

「周辺……？」

「アレクサンドロフという人だって、マグレでそんなビデオを撮れたわけじゃないでしょう。取材をしていくうちに、その連中のつながりがわかり、会見場所をつかんだに違いありませんよ。アレクサンドロフさんが、何を探っていたのか……。そいつを調べないと……」

「つまり、マフィアとヤクザが組んで何をしようとしているのかを探るということだな」

「そうです。それがわからないと、あのビデオは何の意味もありません」

「そういうことだな……」

「モスクワ支局にそれとなく連絡を取ってみます。場合によっては僕が飛んでもいい」

「私のほうも、流派を通じて探ってみよう。ロシアの会員には軍や警察関係者も多い。警察で指導している人間もいたはずだ。そちらのルートから何かわかるかもしれない」

「ぜひお願いします」

食事を終えたが、まだまだ話し合っておかねばならないことがあった。

「生活が楽ではないんで気のきいた店には案内できないが、新大久保や高田馬場になら顔のきく店がある」

仙堂が言うと、向井田は、乗り気になった。

「いいですね。僕、早稲田だったんですよ」

高田馬場の駅を出て、交差点を渡り、さかえ通りと呼ばれる路地に入った。学生やサラリーマンが行き交っている。路地の両脇には飲食店がずらりと並んでいた。

仙堂は評判のいい焼き鳥屋に入った。向井田も学生の頃に来たことがあると言い、しきりになつかしがった。

ふたりはあれこれ話をして、二時間ばかり飲んだ。

仙堂たちが御輿《みこし》を上げたのは十時過ぎだった。

彼は店を出たとたん、酔いの醒《さ》めるような思いがした。人通りはまだ多い。呼び込みの男が立っており、酔漢が行き交っている。

だが、そうした通行人とは異質の雰囲気を察知したのだ。

店の向かい側にある焼き肉屋の看板のまえにふたりの男が立っていた。ふたりともポケットに手を差し込んでいる。

ひとりは短い髪をしており、額の両側を剃《そ》り上げている。黒い革のジャンパーに黒いズボンをはいている。靴は白と黒のコンビネーションだった。

もうひとりはライト・ブラウンのスーツに黒いシャツを着ている。ノーネクタイだった。こちらは、髪をオールバックにしている。一目でヤクザ者とわかる出立《いでた》ちだ。

このあたりは、暴力団員も多く、そういう連中は珍しくもない。仙堂が気になったのはそのふたりの視線だった。

彼らは仙堂を見ると、互いに目配せをした。仙堂はそれを見逃がさなかった。

彼はどんなときでも、自分に特別な関心を示す人間を察知する。それが習慣になっていた。

彼らは、くわえていた煙草《たばこ》を道に投げ捨て、ゆらりゆらりと揺れるような歩きかたで仙堂に近づいてきた。

「向井田さん」

仙堂はそのふたりを見たまま言った。「ちょっと面倒なことになるかもしれませんよ……」

「え……?」

向井田には、まだ事情が呑み込めていないようだった。

黒い革ジャンの男が仙堂に声をかけてきた。

「あんた、仙堂さん？」

「そうだが……」

「ちょっと、話があんだよ。そこまで付き合ってくれない？」

ソフトな口調だった。威圧しているような感じはまったくない。

「話があるんならここで言うんだな」

仙堂はその場を動こうとしなかった。

向井田は不安そうに事の成り行きを見つめている。

革ジャンの男は、どこか痛むかのように顔をしかめた。

「ちょっと込み入った話なんだよ」

「付いて行く気はないよ」

革ジャンの男は、たらりと体の力を抜いていた。だが、信じ難い速さで、ボディーブローを出した。

しっかり肘《ひじ》をたたみ、体の回転で腹に拳を打ち込んできたのだ。不意を衝《つ》く動きだった。

革ジャンの男は、その一発で仙堂が体をくの字に折り苦悶《くもん》するのを疑っていなかった。

たに違いない。

したたかな手ごたえを感じたはずだ。

だが、仙堂は平然と立っていた。

鍛え抜いた腹筋が拳をはね返していた。仙堂が平気でいられたのは、体勢を整えていたからだ。

いくら鍛えているといっても、気を抜いているところを殴られたらひどいダメージを受けていただろう。革ジャンのヤクザのパンチはそれほど威力があった。

仙堂は、わずかに膝《ひざ》を曲げ、腰を前に出し、胸をくぼめるような恰好《かっこう》で立っていた。

そして、しっかりと下腹に気を落としていたのだ。

膝を曲げて腰を前方に出し、胸をくぼめるのは、見た眼にはあまり恰好よくない。

腰を後ろに引き、胸をそらせた、いわゆる気をつけの姿勢のほうが恰好がよく強そうに見える。だが、気をつけの姿勢は攻撃されたときたいへんもろい姿勢なのだ。

仙堂のこのときの姿勢が、最も打たれ強いのだ。

革ジャンは、不意を衝くボディーブローによほど自信を持っていたらしく、信じられぬといった面持ちで仙堂を見た。

仙堂は言った。

「そういう用事なら、なおさら行く気はないな」

「ちっ！」

革ジャンは、鋭く左足をターンさせた。爪先《つまさき》のほうで地面を強くこするようにして、踵《かかと》を進めたのだ。

その勢いで腰を切り、右のローキックを出す。ローキックはきわめて実戦的な技だ。実戦では、足で相手の顔面や頭部を蹴ろうとするのはタブーだ。

喧嘩《けんか》の場所というのは、足場が悪いか、アスファルトのようにひどく硬い場合が多い。バランスを崩すことは、たいへん不利なのだ。アスファルトの上に投げ出されるのは、時には死を意味する。頭をぶつける危険があるのだ。

だが、空手家に対してローキックというのは無謀だった。

仙堂は爪先をその蹴り足の方向に向けるように踏み替えた。それだけでローキックを封じてしまった。

封じただけでなく、相手のすねに自分の膝を突き出すような形になった。革ジャンの男はひどい痛みを覚えたはずだ。

この足先の向きを変えるだけでローキックを封じる動きは、『汪揖《ワンシュウ》』という型のなかに含まれている技だった。

革ジャンの男は、くぐもった悲鳴を上げ、痛みに耐えかねるように身をよじった。足をひきずってあとずさった。

見ていた者には何が起こったのかわからないはずだった。もちろん向井田にも、仙堂が何をしたかわからなかった。

あっという間に見物人が集まっていた。彼らはとばっちりを食わぬように、遠巻きに眺めている。

革ジャンのヤクザは、見物人がいることもあって、ますます熱くなった。頭に血が昇って自分を抑えることができないようだった。

「野郎！　なめやがって」

革ジャンのヤクザはうなるように言った。眼が怒りのためにぎらぎらと光り、顔つきがいっそう凶悪になった。

ライト・ブラウンのスーツのほうも攻撃に加わった。

ライト・ブラウンのスーツの男が、仙堂の膝を狙《ねら》って蹴ってきた。仙堂は膝を上げてそれを避けた。

避けただけではなく、その膝を相手の鳩尾《みぞおち》に叩《たた》き込んでいた。カウンターの膝蹴りだった。仙堂はその膝蹴り一発で、一九〇センチ九〇キロの外国人選手を動けなくしたことがある。ライト・ブラウンのスーツを着たヤクザはひとたまりもなく崩れ落ちた。

間髪をいれず、革ジャンがロングフックを飛ばしてきた。スピードもあり伸びもある一流のパンチだ。だが仙堂を相手にするには動きが大きすぎた。

仙堂は難なくカウンターの突きを相手の顔面に叩き込んだ。鼻の骨が折れるのがはっきりとわかった。革ジャンはその場にぐずぐずと崩れ落ちた。

仙堂は、向井田に言った。

「さあ、消えよう」

向井田は、目をぱちくりさせている。仙堂は、その手を引っぱって足早に歩き始めた。「叩きのめしたら、すぐにその場を立ち去る。街中の喧嘩の鉄則だ」

# 7

向井田は喧嘩沙汰に興奮しており、仙堂の自宅が近くだと知ると、そこへ行こうと言い出した。高田馬場は、向井田が学生時代を過ごした街だということもあり、当時の奔放な気分を思い出したのかもしれない。彼はまだ話し足りないようなのだ。

仙堂は向井田を歓迎したい気分だった。早稲田を卒業して放送記者となったエリートとは、接点などないと思っていた。だが、話してみると、向井田は奥行きの深い男だった。

「今どき、学生でももっとましな部屋に住んでいると思うが……」

仙堂は、向井田を案内して階段を昇りながら言った。

ドアのまえに立ち、仙堂はすぐに異変に気づいた。ドアのノブが奇妙な角度にねじ曲がっている。

鍵《かぎ》がこわされているのがわかった。

仙堂は慎重に、ドアを少しずつ開けていった。部屋のなかに誰かいた場合の用心だった。

部屋に人の気配はなかった。トイレや押し入れの戸も開けてみたが無人だった。侵入者はすでに用事を終えていた。

部屋のなかはひどいありさまだった。

ありとあらゆる引き出しはすべて引っぱり出されており、中味が床にぶちまけられていた。

台所の戸棚も開いており、食器は投げ出され、そのいくつかは割れている。本棚にあった書物もすべて床に放り出されていた。

まさに足の踏み場もない状態だ。

向井田がその惨状に目を丸くした。

「まさか、いつもこんなに散らかしているわけじゃないでしょう?」

「ああ、いくらかはましだな」

「警察に電話しましょう」

「いや……。どうせ盗まれて困るものなど置いていない」

「でも……」

「さっきの連中のしわざだろう。やりかたが垢抜《あかぬ》けてない」

仙堂はドアのノブを指差した。ドアの錠がバールか何かでこわされたことがわかる。

「ビデオですか？」

「それしか考えられない」

「しょっちゅうああいうことがあるわけではないのですね？」

「そりゃ、普通の人に比べると、喧嘩沙汰は多いかもしれない。街中の喧嘩こそまたとない実戦の稽古だと考えていた時代もある。だが、私はヤクザ者じゃない。いたってまっとうな市民生活を送っているんだ」

「ようやく実感が湧いてきましたよ」

「実感……？」

「例のビデオ・テープがかなりヤバイものだという実感です。本気で取り組んでみようという気になりました」

「ほう。意外だな」

「何がです？」

「ヤクザが絡んできたんで、何だかんだと理由をつけて手を引くかと思ったんだ。放送局といっても民間企業だ。暴力団と事を構えるわけにはいかないだろう」

「普通の企業ならそうでしょうね。しかし、放送局には社会的使命があると僕は思ってます。僕たちの番組のスタッフもメイン・キャスターもそう考えています」

「こちらの認識の浅さを恥じる気分になるな。だが、その言葉を額面どおり受け取ることはできない」

「なぜです？」

「志《こころざし》は買うよ。だが、会社の方針で自由にならないことだってあるだろう」

「僕たちは何とかやってきました」

「そうなのか？……」

仙堂は部屋のなかを見回し、足で散らかったものを押しやり、腰を降ろす場所を確保した。

台所へ行き、割れていないコップとウイスキーのボトルを持ってきた。

「やつら、酒を持って行こうとは考えなかったようだ。こんな部屋だが、一杯やる気、あるかい？」

「もちろん。局のスタッフ・ルームは忙しくなると、これと変わらないありさまになります」

向井田は付け加えた。「もちろん、これほどひどくはないですがね」

ふたりは、ひっくりかえっていた折り畳み式のテーブルを起こし、その上にボトルを置いて、ストレートのウイスキーをちびちびとやり始めた。

「でも、連中をやっつけちゃって平気なんですか?」

向井田は心配そうに尋ねた。「ヤクザに手を出すと、あとが面倒なのでしょう?」

「面倒なのは覚悟の上だ」

仙堂はこたえた。「あのふたりはチンピラだ。ただの使いっぱしりだよ。あんなチンピラの言うことをきいていたらなめられちまう」

「危険ですね。やっぱり、警察に連絡したほうが……」

「それじゃ何にもならない」

「え……?」

「あんた、取材したいんだろう」

「そりゃもちろん……」

「チンピラを警察に渡したらそのチンピラはトカゲの尻尾《しっぽ》のように切り捨てられるだ

けだ」

「じゃ、仙堂さんは、チンピラをやっつけることで、やつらの次の動きを待っているというのですか？」

「ビデオに映っているのがヤクザだというだけでは不充分なのだろう？　しかも、映っている日本人がヤクザであるという確証もない。あれがどこの暴力団の人間なのかつきとめなければならないんだ」

「もっと安全にそれを知る方法はあるはずですよ」

「どういう方法だ？」

「そうですね……。例えば、警察の資料というのはまったく途方もない量なのです。その上、刑事や警察官の記憶を加えると、たいていの犯罪は網羅されてしまいます。あのビデオを見るだけで、どこの誰だか言い当てる刑事は必ずいるはずです」

「酔ったせいで頭が回らないのか？　警察にビデオを見せるというのは、押収されるというのと同じ意味だ。あんたはビデオを放映できなくなる。つまり、私は目的を果たせなくなるということだ」

「例えば、といったでしょう。警察でなくても、ヤクザに詳しい人はいるはずです」

「私にはそういう知り合いはいない。そして、私は、確実にテレビで放映してくれる人間以外に、このビデオを渡す気はない。やつらの出方を見て、それに対処していくしかないんだ」

「そりゃ命にかかわりますよ」

「忘れたのかな? アレクサンドロフは死んだんだ。それくらいのことはわかっている」

向井田はしばし、無言で仙堂を見つめていた。やがて彼はウイスキーを一口飲んで、ぽつりと言った。

「そうでしたね……。これは、そういう類《たぐい》の取材でした……」

「降りるなら今だ。危険に付き合うことはない」

向井田は首を横に振った。

「いや、とことん付き合いますよ。何か大きなネタにありつけそうな気がしてきました」

「マスコミのなかにも骨のあるのがいるようだな」

「僕らをテレビマンと思うからいけないのですよ」

向井田は言った。「『ニュース・アンカー』のスタッフは全員ジャーナリストなのです」

仙堂は、目覚めると絶望的な気分になった。頭の芯《しん》がずしりと重く、体がひどくだるかった。五体のすみずみまで、腐臭を発する不快な粘液が詰まっているような感じがする。

目蓋《まぶた》は腫《は》れていたし、手もむくんでいる。胸のあたりがどんよりと重苦しい。見事な二日酔いだった。

その状態で部屋のなかを見たので、ひどく憂鬱《ゆううつ》な気分になったのだ。部屋をめちゃくちゃに散らかした連中を本気で絞め殺したいと思った。

向井田が帰ったのは、午前三時ころだった。彼はタクシーで帰ると言って仙堂の部屋を出て行った。

仙堂は何とか起き上がり、部屋中に散らかる書物だの衣類だのを踏みつけながら台所へ行った。とにかく水が欲しかった。たて続けにコップ二杯の水を体に流し込む。胃袋が反抗しようとしたがすぐに落ち着いた。急速に水分が吸収されたおかげで、じわりと汗がにじむような気がする。

激しい稽古をやった翌朝に似ていた。

猛稽古では、ほとんど脱水状態になる。稽古のあとに水分を補給すれば一時的に落ち着くが、やはり朝は体が干からびたような感じになっている。そして、全身が打撲傷と筋肉痛だ。

打ち身とひどい筋肉痛はよく似ている。とにかく全身が痛むのだ。身動きするたびにすべての筋肉がばりばりと音を立てるような感じになる。

そのひどい状態から脱け出すには動くのが一番だ。

筋肉にたまった老廃物をさっさと押し流すために血液を送り込んでやるのだ。二日酔いの治療も同様だった。とにかく汗を流すのが何よりなのだ。

仙堂は布団にもう一度倒れ込みたいという欲求と戦い、トレーニングウェアを着てランニングに出かけた。ゆっくりと走り出す。

速く走る必要はない。持久力を養うのが目的だったら、常に息が切れ苦しく感じるくらいのペースで走らねばならない。心肺機能を促進させるためだ。

筋肉の緊張を取り去るためや、新陳代謝を高めるためなら、ゆっくりと走るのがいい。走る時間も十五分ほどで充分だ。

部屋に戻ったときには、仙堂は汗を流しており、台所で裸になり濡《ぬ》れたタオルでその汗をすべてぬぐい去ると、何とか動き回れる気分にまで回復していた。

仙堂は部屋の片づけを始めた。

もともとあまり生活臭のない部屋で、家具調度などは少ない。午前中いっぱいで何とか整理できた。かえって、大掃除でもしたあとのようにさっぱりとした。

二日酔いの名残りで、胃袋がまだ調子が悪いが、かまわずしっかりとした昼食を取った。食べることが仙堂独自の二日酔いの治療法でもある。

モスクワのナハーロフに電話をしようと思ったが、六時間の時差を考えると、むこうはまだ午前六時半だ。職場にはまだ出社していないだろうし、早朝に自宅に電話するのも気が引けた。

仙堂はどうやら命懸けの面倒事に巻き込まれており、早目早目に手を打ちたいのはやまやまなのだが、ナハーロフにしてみれば迷惑この上ない話に違いなかった。世話になりっぱなしのモスクワの連中には気を使わねばならなかった。

仙堂は、新大久保の本部道場に出かけ、通常どおり午後の稽古の指導をした。アパートを出てから本部に着くまで、常に周囲に気を配った。

不審な動きは見られない。だが、油断するわけにはいかなかった。

暴力団というのは一般の人々の常識の埒外《らちがい》にいる。まさかこんなところで、こんなときに、こんなことを、と思うようなことをやってのけるのだ。

仙堂は午後五時に、本部の事務室からモスクワのナハーロフに電話した。

「ビデオはどうなりましたか?」

すぐさまナハーロフは尋ねた。

「実は、いろいろと当たってみたがなかなか難しい」

「なぜです?」

「ビデオに映っていた連中の素性がはっきりしないのが問題なんだ。そして、これはさらに問題なのだが、あのビデオを見る限り、ただの商取り引きでしかない」

「そうなんですか?」

ナハーロフもビデオの内容は見ていなかった。

「だが、興味を示してくれたところはある。すぐにテレビでオンエアというわけにはいかないようだが、必ず何とかする。モスクワの様子はどうだ?」

「別に……。朝と夕方の交通渋滞。大気汚染、クレイジーなインフレ。まあ、そういったところです」

「市街戦の影響はもうないというのか？」

「ああ、ホワイトハウスの修復作業がじきに始まるようです」

「あんたたちのたくましさには恐れ入るよ」

「東京で市街戦が起これば、きっと似たようなものですよ」

「あのビデオをオンエアするためには、いろいろと調べなければならないことがある。アレクサンドロフが何を嗅《か》ぎつけ、何を追っていたのか、というようなことだ」

「どういうことです？」

「つまり、アレクサンドロフは、どういういきさつであのビデオを撮影するはめになったのかということだ。何か犯罪か汚職か、そういったことを嗅ぎつけて調べ回っていたに違いないんだ。あの場でアレクサンドロフに尋ねておけばよかったんだが、状況が状況だったんでそこまで頭が回らなかった」

「なるほど……。だが、今、尋ねようにも、アレクサンドロフはもうこの世にはいない……。マフィアが彼を殺したのは、単に見せしめという意味だけでなく、口封じという理由もあったようですね」

「おそらくな……。アレクサンドロフはもういないが、彼のやっていたことを知っている人間はいるはずだ。アジア・ヨーロッパ連盟の会員のなかには警察や軍関係者もいるだろう。そういう連中から情報を集められないだろうか」

「アントノフに相談してみます」

即座にナハーロフは言った。「彼は仕事柄軍関係や警察関係の人間とよく付き合っています。彼は頼りになります」

「そうだな……。頼む、そうしてくれ。あとで、私からもアントノフに電話しておこう」

「わかりました。何かわかったらすぐに連絡します」

「すまんな……」

仙堂は電話を切ると、すぐにカウンター・テロ・アカデミーに電話をした。

カウンター・テロ・アカデミーは、西ヨーロッパの国々との共同事業だった。その関係でアントノフは英語が話せた。

仙堂も英語だったら何とかなる。空手の流派にたずさわる者は、国内よりむしろ海外での活躍の場が多い。海外の支部からのセミナー要請は引きも切らないのだ。

そのために、仙堂は若い頃英語の猛勉強をした。海外へ出かける機会も増えたし、外国からの空手留学生と接することも多くなり、英語に磨きがかかっていた。

「こちらは東京の仙堂という者だ。アントノフと話したい」

電話が通じると、仙堂は英語で言った。

「センセイ仙堂！　アントノフです。お元気ですか！」

アントノフも英語で応じた。英語を母国語としない人間の英語は、日本人にはかえってわかりやすい。表現が基本的だからだ。

「オスタンキノ・テレビ局では命を助けられた。心から礼を言う」

「センセイ仙堂。あれが私たちの役割でした。ごく当たりまえのことです」

「心苦しいのだが、頼みたいことがある」

「どうぞ。何でも言ってください」

「調べてもらいたいことがある。詳しい事情はナハーロフに話してある」

「どんなことを調べるのです？」

「私はオスタンキノ・テレビ局でアレクサンドロフという男からビデオ・テープをあ

ずかった。その男は死んだ。ビデオには、マフィアやら政治家やら日本のヤクザやらの顔が映っている。その連中のことを知りたい」

アントノフは、あれこれ尋ねようとしなかった。仙堂にとってそれは幸いだった。仙堂の英語力では、どの程度説明できるか不安だったのだ。「そのあたりの事情もナハーロフが知っている。彼から君あてに連絡がいくはずだ」

「わかりました、センセイ仙堂」

アントノフは明快に言った。

「すまんな。心から礼を言う」

「とんでもない。私はできる範囲のことをやるだけです。センセイ仙堂こそ、わが同胞の頼みをきいて苦労されているのでしょう。何かわかったらナハーロフを通じてお知らせします。必要ならファックスを送ります」

アントノフは「グッバイ」と言い、仙堂は「ダスビダーニャ」と言った。

アントノフは、体力的にタフなだけではなく、精神的にもタフな男だ。彼は危険や面倒事に対してひるんだり悩んだりしない。軍人だからそうなのか、そういう男だから軍人を志したのか、どちらなのかはわからない。

おそらく両方だろうと仙堂は思った。もともと強い意志の持ち主だが、軍隊で鍛え上げられて今のアントノフができあがったに違いない。

仙堂は、アントノフを男として尊敬していた。

## 8

本部道場の玄関を出たとたん、表通りに駐車していた黒塗りの車がエンジンをかけた。

仙堂は新大久保の駅に向かって、いつもと変わらぬ歩調で歩いた。黒塗りの大きなセダンは、少し進んではハザードを光らせて、車を歩道に寄せて停《と》まり、また進んでは停まるということを繰り返した。

周囲の車は明らかに迷惑がっていたが、車の主がどういう種類の人間かがすぐに見て取れるので、クラクションを鳴らしたりする者はいなかった。

暴力否定論者が圧倒的多数であるにもかかわらず、実際には少数派の暴力が堂々とまかり通っている。

一般の暴力否定論者は、暴力から目をそらしているだけでしかないのだ。本当に暴力を否定したいのなら、その暴力に対処する方法を知らなければならないと仙堂は考えていた。

黒いセダンの妙な動きは、仙堂が新大久保の改札を通るまで続いていた。露骨ないやがらせであり、同時に彼らは仙堂を監視下に置いているつもりなのだ。

高田馬場の駅を出ると、やはり一目でヤクザとわかる連中が三人立っており、仙堂のあとをつけてきた。

かつて、無線連絡による機動力において警察にかなう者はなかった。しかし、携帯電話の普及がその事情を一変させた。

暴力団は携帯電話による恩恵を最も多く受けた組織のひとつだ。携帯電話によって暴力団の機動力は格段に向上したのだ。

黒い車の連中と、三人組も携帯電話で連絡を取り合っているに違いなかった。彼らは連携プレーで仙堂を監視しているのだ。

仙堂が誰と会うのかをチェックし、あるいは、再度、接触するチャンスをうかがっているのかもしれない。

彼らは当初、チンピラを使いにやり、仙堂を適当な場所へ呼び出し、適当に痛めつければビデオは手に入る、くらいに軽く考えていたようだ。

仙堂がふたりのチンピラをあっという間に倒してしまったので、にわかに慎重になったようだった。監視をつけておいて、何か弱味を探しているのかもしれない。あるいは次の一手をまだ決めかねているのだろうか。

いずれにしても、ヤクザのやりかたは搦《から》め手だ。単純な方法ではないはずだ。威《おど》しをかけておいて、親兄弟、妻子に手を出すというようなことくらい平気でやる。ヤクザに逆らうと、まず家族に死人が出るといわれている。

彼らは驚くほど巧妙に人の弱味につけ込んでくる。暴力と威し、それが彼らの仕事なのだ。

仙堂はまっすぐ自宅に帰った。それが一番利口なのだ。夕食を食べるためにどこかの店に寄っただけで、その店に迷惑がかかることになる。その店に対して、仙堂の名前を出していやがらせをする可能性もあるからだ。

そういうテクニックは、地上げで培ったノウハウだが、暴力団は身につけたノウハウを惜しげもなく披露する。

帰宅するとすぐに電話が鳴った。タイミングが良過ぎるので、ヤクザからかかってきたのかと思った。

緊張して電話に出ると、向井田からだった。

「昨日はどうも」

向井田は言った。「仙堂さん。今から会えませんか？」

「どうした？」

「キャスターのひとりが、ビデオの話に乗り気でしてね……。会いたいと言ってるんですが……」

「キャスターのひとり？」

「ええ。メイン・キャスターじゃないんですが……」

「私にはよくわからないんだが、それは、ビデオの放映にとって前進なのか？」

「大きな前進です。キャスターが興味を持つということは番組で取り上げることを前提としているということなんです」

「わかった。どこへ行けばいい？」

「申し訳ありませんが、局までご足労願えますか？　ハイヤーを迎えにやらせてもいいですが……」

テレビ局は黒塗りのハイヤーを平気で使う。新聞社で培われた伝統なのかもしれないが、一般人の感覚からすればたいへんな贅沢《ぜいたく》に感じられる。

「いや、いい。車で行きたくない事情もあるしな」

「どうしたんです？」

「さっきから、私のまわりで、ヤクザ者がうろうろしている。車だと尾行をまけない」

「ヤクザが……」

向井田は、緊張した音声になった。「気をつけてください」

「もちろん、気をつけているさ。では、これからすぐに出る」

仙堂は電話を切った。

「早いところ、ドアを修理させないとな……」

仙堂はつぶやいて部屋を出た。問題のビデオ・テープはジャケットの内ポケットに収まっていた。

階段を降りると、人相の悪い男たちが三人歩道に立っているのが見えた。彼らは、仙堂の姿を見ると、煙草《たばこ》を道に捨てて歩き去った。

尾行や監視をしていることを隠そうともしない。彼らは、自分たちがうろうろすることでプレッシャーをかけられると信じているのだ。

確かにその効果は無視し難かった。

仙堂が歩き始めると、彼らはまたどこからともなく現れ、尾行し始めた。仙堂は来たばかりの道を引き返して高田馬場駅までやってきた。

山手線で原宿まで行き、明治神宮前駅から地下鉄千代田線に乗って赤坂まで行くつもりだった。

どこかで尾行をまきたかった。赤坂のテレビ局の連中と会っていることを知られたくなかった。

いずれは知られてしまうかもしれないが、知られるまでに時間をかせぎたかったのだ。

原宿で降りると、明治神宮前駅の出入口には進まず、代々木公園のほうへ歩き出した。

左手に代々木第一体育館の奇妙な形の屋根が見えてくる。右手が代々木公園だ。イラン人が集まってくるというので、鉄板の柵が巡らしてある。

だが、柵など名ばかりのもので、公園内にはたやすく入れた。同じようにして入ってきたらしい人影がいくつも見える。イラン人らしい集団もあれば、アベックもいた。

三人のヤクザはまだ尾行してくる。おそらく、携帯電話で現在位置を仲間に知らせているはずだと仙堂は思った。

芝生の上をしばらく歩いて林のなかに入った。

三人は、用心している様子もない。三対一の有利を信じて疑わないのだ。そして、組織をバックに持つ自分たちに歯向かう愚かな堅気はいないと考えているのだ。彼らはプロだという自覚がある。

仙堂は林に入ると、木立ちの陰にさっと身を隠した。照明から離れており、特に暗い一帯だった。

三人のヤクザの足音が近づいてくる。彼らは、何かひそひそと話し合っている。

三人は小走りだった。仙堂の姿が見えなくなったので慌てているようだった。

仙堂は、三人が行き過ぎるのを待った。そして逆に彼らのあとをつけ始める。

三人は立ち止まった。ひとりが言った。

「手分けして探したほうがよかねえか?」

別の声が言う。

「ばかやろう。やつは空手使いだ。若い者《モン》がやられちまったのは知ってるだろう。ばらばらになったら、思う壺《つぼ》だぞ」

彼らなりに警戒はしているようだ。だが、もう遅い、と仙堂は心のなかで言ってやった。

仙堂は、彼らの背後から忍び寄った。

ひとりが気配に気づいてさっと振り返った。仙堂はその瞬間を見逃がさなかった。飛び込みざま、左の刻み突きを顔面に叩《たた》き込んだ。

相手はのけぞってひっくりかえり、そのまま動かなかった。

刻み突きというのは、構えたときの前方の手で突くことをいう。ボクシングのジャブに似ているが、空手の場合、刻み突きでも相手を倒せるように訓練する。突きの破壊力は、スイングの大きさや距離とはあまり関係ない。大切なのは、一瞬の体のうねりやひねりを利用することだ。

基本では、腰から突くので、一般に誤解されやすいが、腰から突くのは拳の正しい軌跡を学ぶためと、腰のひねりを体で覚えるために過ぎない。高度な突きは、例えば「五寸打ち」などと呼ばれ、相手と拳の距離がどんなに近くても大きな破壊力を発揮する。

相手に触れた状態からでも拳を打ち込むことができるのだ。

仙堂は、突きにまったく制限を加えていなかった。喧嘩《けんか》では手加減をしたほうが負ける。

相手がどんなに弱そうでも――たとえ、女子供であっても、全力で戦うというのが鉄則だ。

仙堂は、力みがあると突きの威力は落ち、正確さも失われることをいやというほど知っていた。突きはバッティングやゴルフのスイングと同じだ。

無駄な力を抜いて、体のしなりを利用するのが最も合理的なのだ。そのほうが破壊力がある。

手加減しないというのは、伸びを制限しないということだった。顔面を殴るとき、相手の後頭部まで突き抜く気持ちで拳を伸ばした。

ひとりが倒れると、さっとあとのふたりが身構えた。さすがに喧嘩慣れしている。

仙堂は、相手が体勢を整える間を与えなかった。

片方が動こうとしたところへ、前蹴りを見舞った。肋骨《ろっこつ》の一番下を狙う。

そうすると、自然に蹴りは、水月や幽門といった急所に命中する。水月はミゾオチ、幽門は脾臓《ひぞう》や肝臓を直撃するツボだ。

相手は体をくの字に折り、前のめりに崩れ落ちた。

「野郎！」

残ったひとりがつかみかかってきた。つかんだとたんに腰を入れてきた。柔道の心得があるようだった。

技の切れは悪くなかった。

だが、仙堂は、つかまれた瞬間に、相手の耳の下に手刀を打ち込んでいた。レンガを叩き割る手刀だ。

相手を昏倒《こんとう》させようと思ったら、耳の下を殴るのが一番だ。

投げ技は不発に終わり、相手は仙堂をつかんだまま崩れ落ちた。

仙堂はその男を押しのけるようにして起き上がった。

腹に蹴りをくらった男が苦しげにもがいている。腹を殴られたり蹴られたりして気を失うことはまずない。

仙堂は、その男に近づき、サッカーボールを蹴るようにその後頭部を蹴った。相手は眠った。

あっという間に三人を倒し、仙堂は代々木公園をあとにした。

三人のヤクザが弱いわけではない。街中で喧嘩が始まり戦うはめになったら、三人のほうに分があっただろうと仙堂は思った。

地の利を選んだところに仙堂の勝因があった。そして、相手の体勢が整わないうちに、ほとんど一撃で相手を沈めたのがよかったのだ。

喧嘩慣れしている人々は一様に、相手が一撃で倒れることなどないと主張する。五分の殴り合いになったら、その意見は正しい。

問題は一撃の使いどころなのだ。タイミングさえ正しければ、一撃で倒すことは可能なのだ。

さらに、鍛えに鍛え抜いた空手家の突きや蹴りは、来るとわかっていても避けることはできない。

剣道の高段者の面打ちが、さばくこともよけることもできないのと同様だ。それも、スピードというよりタイミング、あるいは相手との呼吸の問題なのだ。

仙堂はそうした理想的な一撃のために、人生をかけてひたすら稽古をしているのだ。

テレビ局の受付には人がおらず、代わりに守衛が、仙堂の行き先を尋ねた。

仙堂が向井田の名前を言うと、守衛は館内電話をかけた。

「制作の部屋まで来てくださいということです」

守衛が言った。「場所はわかりますか?」仙堂はうなずいて玄関の螺旋《らせん》階段を昇った。

向井田は、他のスタッフと立ち話をしていた。背が高いので相手を見降ろして会話している。

仙堂を見つけると手を振った。

「遅くなりました」

仙堂は言った。

「心配してたんですよ。身辺が物騒だというんで……」

「ちょっと寄り道をして、尾行をまいていたんだ」

向井田は、机が並んで島を形作っているほうを向いて大きな声を出した。

「植村《うえむら》さん」

コバルト・ブルーのスーツを着た女性が振り向いた。彼女は、紙の束をまえにして、スタッフと何やら熱心に話し合っていた。

植村と呼ばれた女性は、さっと片手を上げると、スタッフとの話にけりをつけて、仙堂たちのほうへやってきた。

鮮やかなブルーのスーツがよく似合っていた。タイトスカートの丈は、膝《ひざ》よりかなり上だった。美しい脚線を強調しているような感じだ。

その歩きかたは自信に満ちていた。ハイヒールの音が響く。

向井田が言った。

「紹介します。こちら、キャスターの植村真弓《まゆみ》さん。こちらが、さっき話した空手家の仙堂さんです」

植村真弓は名刺を出した。普通の名刺よりひと回り小さく、角が丸い名刺だった。

そこには、局のアナウンス部と記されてあった。

彼女はいわゆる局アナという身分で、名刺は局が支給したものだった。

彼女自身が作る名刺ならば、こういう形にはならないはずだと仙堂は考えた。考えようによっては女性差別ともとれるこうした小型の名刺に反発するタイプに見えたからだ。

「彼女は、番組の後半を担当しています」

向井田が説明した。

仙堂はもちろん知っていた。メイン・キャスターのとなりにすわっている画面をよく見ている。

「ビデオ・テープは今、お持ちですか？」

きびきびとした口調で植村真弓は尋ねた。ショートカットで目は大きく、色白で魅力的な顔立ちだが、その口調には一種独特の冷淡さがあった。

「持っている」

「では、さっそく見せていただきましょう」

仙堂はうなずいた。

ビデオを見終わると、植村真弓は言った。

「なるほど……。これだけなら、ただの商取り引きの光景ね」

「その先は言わなくてもわかっている」

仙堂は言った。「何度も同じようなことを聞かされている」

「誤解しないでいただきたいわ。あたしは、このビデオを価値あるものにしたいと考えているのよ」

「価値あるものに？」

「いえ、訂正するわ。このビデオに価値はあるのよ。でも、これを見ただけではその価値はわからない。だから、誰が見ても価値がわかるようにしたいのよ」

「これまで私が聞いたなかで、一番ありがたい意見だ」

「話はだいたい聞いたわ。中央に映っていたのがサハローニンという旧共産党系の議員。ロシア人たちはマフィアで、日本人はヤクザ……。そして、このビデオを持っていたロシアのテレビ局の人は殺されたのね。そして、あなたは、ヤクザに狙《ねら》われている――」

「狙われているというのはおおげさだな」

仙堂は言った。「相手は、様子を見ているだけのようだ。本気になっているとは思

「どういうこと？」

「チンピラを使いに寄こしたり、監視を付けたりしているだけだ。今や、ヤクザが本気になったらこんなものでは済まないはずだ。今や、ヤクザひとりに銃一挺《ちょう》の時代といわれているんだからな」

「なぜなの？」

「なぜだろうな」

「推理はできない？」

「おそらく、予想が外れたんだろうな。そして、組織が大き過ぎたんだ」

「どういうこと？」

「つまり、動いているのは下部組織で、この仕事を請け負ったその下部組織は、事がもっと簡単に運ぶと思っていたんだ」

「あなたをなめていたということ？」

「そういうことになるな。組織が大きくなればなるほど、トップの意志は末端まで届かなくなる。仕事を請け負った下部組織にとっては迷惑な命令だったかもしれんな。

おそらく一銭にもならない仕事だ。稼《シノ》ぎのきついこのご時世だから、ただ働きはきついんだろうよ。勢い、チンピラを動かして仕事を片づけようという気になっちまう。そんなところだろう」

「では、今後、ヤクザの動きは本格化するということね」

「当然、そうだろうな。私も、本気になったヤクザの相手をする自信などない。早くビデオを放映してもらいたい」

「相手をしてもらわなくちゃ困るのよ」

「何だって……」

「ビデオを巡ってヤクザが動き回っているという映像が欲しいわ。さっきも言ったでしょう。あたしはビデオの価値を一般の人にわからせたいんだって……」

「私にアレクサンドロフの二の舞いになれというのか？」

「そうは言ってないわ。でも、ビデオを放映するためには必要なことなのよ」

仙堂も、もとより、どこの暴力団か、自分で調べ出すつもりだった。だが、他人からはっきり危険に飛び込めといわれると、一瞬、反感を覚えた。

植村真弓は言った。

「きっといい番組になるわ」

## 9

仙堂のあずかり知らぬところで話がどんどん進んでいるような気がしていた。

植村真弓はスタッフにあれこれと指示をしている。

「隠し撮りよ。仙堂さんにぴったり張り付いてヤクザたちが何をするのかすべて撮影するのよ。モスクワ支局に連絡して、サハローニンという政治家が今どういう立場にあるか調べさせるのよ。失脚してないことを祈るわね。すでに失脚していたら、彼を取り上げる価値は半減するわ」

仙堂は、離れたところからその様子を眺めていた。

彼はそばにいた向井田に言った。

「彼女は、ビデオが放映されたあとにサハローニンが失脚するというようなことは考えないようだな」

「彼女の頭のなかは、いかにいい番組を作るかしかないのです」

「女というのはそういうものだ」

「そうでしょうか？」

「男は基本的に家族を養うために仕事をする。だから多少の屈辱も我慢できるし、本意でない仕事でも一所懸命働くことができる。相手に妥協することの必要も学ぶ。社会性ということだな。だが、たいていの女は自分のためだけに働く。自分の興味、自分の収入、自分の満足……。だから妥協もしない。視野が狭くなる」

「妥協しないからいいものが作れるということもあるんじゃないですか？」

「芸術家ならそうだろうな」

「仙堂さんて、頭のなかもマッチョなんですね」

「本当は納得していないくせに、フェミニスト面《づら》する男が多いだけさ。くすぶっていることは表に出したほうがいい」

「男女同権の世の中ですよ」

「わかってる」

仙堂はこんなところで女性問題について論じる気はなかった。「私は古いんだ。自覚してるよ」

「暴力団は、仙堂さんの部屋を見張っているでしょうか？」

「たぶん……」

「じゃあ、帰るのは危険です。どこかホテルをおさえます。当分、そこで寝泊まりしてください」

「だが、道場へは行かなければならない。道場のほうにも見張りはついているだろうから同じことだ」

「同じじゃありませんよ。寝込みを襲われることだってある。ホテルに泊まっていれば危険は少なくなります。植村さんに相談してきます」

向井田は植村に近づいて話しかけた。

「だめよ」

植村は言った。「何のためにカメラ・クルーを付けると思っているの？」

向井田は言った。

「じゃ、せめて、何かの安全措置を講じてください」

「安全措置？」

「警察の協力を仰ぐとか……」

「取材をだいなしにする気？　警察とヤクザのやりとりの絵をおさえて何になるというの？」

「仙堂さんを囮《おとり》に使うというのですか？」

「彼は最初からそのつもりだったんじゃないの？」

「でも、仙堂さんに何かあったら……」

仙堂は向井田に言った。

「かまわんよ」

彼は、植村真弓のほうに近づいていった。

「彼女が言ったとおり、最初からヤクザともめるのは覚悟の上だ」

向井田は目をしばたたいた。彼は明らかにこうしたやりかたに反対している。だが、今となっては反論できずにいた。

「さっそく今夜から撮影を始めるわ」

植村真弓は仙堂に言った。

「わかった」

仙堂はうなずいた。

「あたしは、今夜の番組の打ち合わせがあるからこれで失礼するわ」

植村真弓はどこかへ姿を消した。

向井田が、かぶりを振っていた。

「彼女、これがどれほど危険なことか実感がないんだ……」

「私もさ」

仙堂が言った。「チンピラと喧嘩《けんか》をしたことは何度もある。だが、本物の暴力団を敵に回したことなどない。実のところ、連中が何をやってくるか予想ができないんだ」

「やっぱり、警察に知らせたほうが……」

仙堂はきっぱりと首を横に振った。

「それではアレクサンドロフとの約束を果たせなくなってしまう」

「では、せめて、ビデオ・テープを局であずかりましょうか?」

「いや。悪いが、私はまだあんたたちを百パーセント信用したわけじゃない。放映されることが本決まりになるまで私が持っている。私が死んだら、どうせビデオ放映の話は立ち消えになるだろうしな……」

「僕が責任を持ちます」

「私の代わりに囮になれるか?」

「いや、それは……」

「私に付いてくるというカメラマンたちは?」

「紹介しておきましょう。本当に危いときは、おそらく彼らが助けに入るなり、警察に連絡するなりしてくれるでしょう」

「それは心強いな」

仙堂は、まったくそう思っていないことがわかる口調で言った。

カメラ・クルーは三人いた。アシスタント・ディレクター——一般にADと呼ばれている若者とカメラマン、そして記者だ。記者が現場のディレクター役をつとめるということだった。

記者は薄田《うすだ》という名だった。彼は言った。

「バンの中継車だと目立つので、私用の車で撮影をします。二十四時間、張りつけということなので、よろしくお願いします。もっとも、張り込み中は、こちらからあなたに接触することはないと思いますが……」

「もしかしたら、私の最期《さいご》を、あなたがたが映してくれるかもしれない」

仙堂は言った。「よろしくたのむ」

薄田の車で高田馬場まで行き、仙堂のアパートの近くの新目白通りぞいで仙堂は降り、そこから、徒歩で帰ることになった。

「どこかで食事がしたい」

仙堂は向井田に言った。「夕食がまだなんだ」

「どこか、そのへんに出ましょう」

向井田は言った。「このあたりなら尾行も監視もいないでしょうから」

仙堂と向井田、そしてカメラ・クルーの三人は、局のそばのとんかつ屋に入った。

仙堂はそこでも旺盛な食欲を見せた。向井田がそれを見て言った。

「よく食べられますね。緊張でメシが喉を通らないというようなことはないのですか?」

「食えないやつが、最も先にダウンする。そういうやつは戦うまえに負けちまうんだ」

「じゃあ、僕も食べとかなきゃな……」

「そういうことだ」

手筈《てはず》どおり、記者の薄田の車で新目白通りの下落合のあたりまで行った。車はパジェロだった。

仙堂は西武線の踏み切りを渡り、さらに、神田川にかかる橋にさしかかった。

そのあとを、パジェロが静かについてくる。少し進んでは停車し、また進んではまた停車する。

仙堂は、あたりに黒塗りのセダンがいないかどうか見回した。

怪しげな連中が尾行してこないかどうかにも注意していた。

奇妙なことに、尾行も監視もなかった。

昼間、あれだけあからさまに周囲をうろついていた連中が消えてしまったのだ。アパートのまわりも同様だった。

ほっとするどころか、逆に不安になった。代々木公園で三人のヤクザを叩《たた》きのめしたことが影響しているのは明らかだった。

彼らはまた方針を変えたのだ。

チンピラに呼び出させるという安易な方法から、監視をつけつつプレッシャーをかけるという方法に切り替え、今、また別の方針を立てたのだ。どんな方針なのかはわからない。だが、今まで以上にいっそう用心しなければならないということだけはわかった。

錠のこわれたドアのまえに来て、仙堂はようやく一息ついた。古くて狭い部屋だが、わが家であることは間違いない。

ドアを開けて一歩踏み出した。

とたんに、首筋に冷たいものが押しあてられた。

反射的にそれを避けて攻撃に転じようとした。しかし、首にあてがわれたものが何であるか知って、身動きができなくなった。

九寸五分の匕首《あいくち》だった。ヤクザたちがドスと呼んでいる短刀だ。

「動かないでくださいよ」

正面から声が聞こえた。妙に野太い声だった。

不意に明かりが点《とも》り、部屋のなかに三人の男がいるのがわかった。

三人とも土足だった。正面にいるのは、髪を短い角刈りにした男で、首が猪のように太かった。肩幅も広く、胸板も厚い。おまけに腹も出ているようだ。

全体にゴリラを思わせる男だった。眉《まゆ》を通って、額から頬《ほお》まで一筋の傷跡が見て取れる。

黒いスーツを着ており、エルメス風の派手なネクタイをしていた。顔はまるで岩から彫り出したような感じで、眼はどろりと濁っている。その眼の奥がちかちかと底光りしている。

その誰が見てもヤクザとわかる男が、野太い声で言った。

「動くとね、取り返しのつかないけがをします」

その男のとなりに暗い眼をした若者が立っている。紺色のスーツを着ていた。髪はオールバックだった。

年は若いが、仙堂に最初に接触してきたようなチンピラでないことは確かだった。表情のとぼしさがそれを物語っている。従順で獰猛《どうもう》――まるでドーベルマンみたいな印象がある。

組でちゃんと行儀見習いをしているれっきとした暴力団の構成員なのだろう。

匕首を仙堂にあてがっている男は見ることができなかった。

だが、自分に近いほうの仙堂の腕をしっかりとかかえて、攻撃を封じているやりかたや匕首の刃を押しつけるようにしている感じで相当に手慣れている男であることがわかった。

「あんた、空手の腕はかなりのもんだねえ」

正面のヤクザが言った。「うちの若い者《モン》が五人もやられちまった……いや、たいしたもんだ……。素人《しろうと》さんもあなどれない……」

彼は懐に右手を入れた。その右手が再び現れたとき、銃を握っていた。

トカレフ自動拳銃だった。

安全装置《セーフティー》のレバーがついていない。トカレフは、撃鉄《ハンマー》のハーフコックで安全装置《セーフティー》がかかるように設計されている。

ヤクザは、トカレフの遊底《スライド》を引いた。初弾が薬室《チェンバー》に送り込まれる。その状態で安全《セーフ》装置《ティー》は解除された。

引き金を引けば弾が飛び出す。

ヤクザは銃口を仙堂に向けた。

銃を扱うとき、人差し指は必ずトリガーガードの外に置くように厳しく教えられる。

指を引き金《トリガー》にかけるのは、引き金《トリガー》を絞るときだけなのだ。

今、ヤクザの指は引き金にかかっていた。ヤクザは、軍で習うような安全上の注意を知らないのかもしれない。あるいは知っていて無視しているのかもしれなかった。でなければ、本気で撃つことを意味していた。

「でもね……」

ヤクザは言った。「いくら空手が強くたってこいつにゃかなわないだろう？　極道はね、こういう道具を持ってるんだ」

それは、仙堂がロシアで痛感したことだった。

アントノフから、銃の手ほどきを受け、銃のおそろしさをよく知っていた。

「さあて……。時間を無駄にしちゃいけない。ビデオ・テープを渡してもらおうか」

仙堂は、何とか逃げ出すチャンスはないものかと必死で考えていた。だが、首筋にはドスをあてがわれている。少しでも動けばざっくりと切り裂かれる。

気管か頸動脈を切り裂かれたら助からない。

匕首から逃がれることができても、拳銃で狙われている。ヤクザと仙堂辰雄の距離はたった三メートルほどしかない。

目をつむって撃っても当たる距離だ。

「おい……」

ヤクザがとなりの紺色のスーツの若者に顎《あご》で合図をした。若い衆は、うなずき、仙堂に近づいてきた。

彼は洋服の上から仙堂の体を調べた。テレビドラマで見るような仕草だった。

やがて、彼はスポーツジャケットの内ポケットに入っていた八ミリ・ビデオ・カセットを見つけた。紺色のスーツの若者は、それを取り出した。

「それか……」

ヤクザが言った。

紺のスーツの若者がビデオ・カセットをヤクザに差し出す。

「確認してみろ」

ゴリラのようなヤクザに言われ、若者は、携帯式の八ミリ・ビデオ・デッキをバッグのなかから取り出した。液晶のモニターがついた再生装置だった。

若者の動きはきびきびしていた。

ヤクザは、若者のほうは見ず、仙堂を監視している。銃口を仙堂のほうに向けたままだ。

ビデオを手に入れた連中は、間違いなく仙堂を消すだろう——仙堂は考えた。

もう仙堂には用はないのだし、仙堂は、彼らの面に泥を塗った。

そして、仙堂はヤクザたちの顔を見ている。

このままじっとしていても殺されるのだ。彼は一か八かの賭《か》けに出ることにした。

へたにもがけば、首をざっくりとやられる。致命傷を負うのだ。外にいるテレビ・クルーたちは、まさか部屋の中でこんなことになっているとは思ってもいないだろう。

彼らの助けなどまったく期待できなかった。

肘《ひじ》打ちも封じられているし、首を動かせないので頭突きも出せない。

しかも、銃口が仙堂のほうを向いている。

仙堂は、ただひとつの可能性に賭けた。あまり分のいい賭けではなかったが、可能性は可能性だ。彼は、そのチャンスを待った。

若者が再生ボタンを押し、ビデオがローディングを始める。液晶のモニターに再生画像が映し出される。

若者は黙ってそのモニターをヤクザの前に差し出した。ヤクザは、ちらりとその画面を見て、すぐにまた眼を仙堂に戻した。

仙堂の口のなかがからからになった。つばを呑《の》み込もうとしたがうまくいかない。

ヤクザは、もう一度モニターを見た。

仙堂は迷わず行動に移った。

彼は、匕首を持っている男の足の甲を思いきり、踵《かかと》で踏みつけた。彼はその踵蹴りでコンクリート・ブロックを軽々と割ることができるのだ。

匕首の男は、悲鳴を上げた。

仙堂は、全身を瞬時に脱力して下へ逃がれた。それが最も安全だった。

前へ出ようとしても、横へ行こうとしても匕首が首に食い込んでいただろう。仙堂は倒れながら、体をひねった。

相手は片手でがっちりと仙堂の腕をつかんでいたので、その回転に巻き込まれた。

捨て身の投げ技となった。

変型の体落としだった。

仙堂は、匕首の男を、ヤクザめがけて投げ出す計算だった。

しかし、計算どおりにはならなかった。

匕首の男は、ヤクザのすぐ前に投げ出されていた。

それでも、ヤクザに引き金を引くのを躊躇《ちゅうちょ》させる役には立った。一瞬、匕首の男と仙堂が重なり合い、銃を撃つことができなかった。

仙堂の片腕が、まだ匕首の男の腕にからまっていた。

ゴリラのようなヤクザは一歩近づいてきて、上から銃の狙《ねら》いをつけた。匕首の男と仙堂は、折り重なるような状態だったので、近づかないと撃てなかったのだ。

倒れた状態から仙堂は足を振り上げた。銃を持つ手を狙っていた。

銃を蹴り飛ばそうなどとは考えていなかった。手だろうが手首だろうが前腕だろうがかまわない。

手に当たれば指が折れ、手首に当たれば関節が砕け、前腕に当たれば骨が折れる――それを信じて蹴った。

倒れた状態からの回し蹴りは、道場で何百回何千回と練習した技だ。その練習のままに蹴った。

蹴りは手首に当たった。

効果は驚くほどだった。

まず、足にぐしゃりという感触が伝わってきた。

その瞬間にヤクザは銃の引き金を絞っていた。驚くほど大きな音がして、耳が痛くなった。

しかし、蹴りのおかげで狙いはそれていた。そして、手首が砕けていた。

手首を砕かれたヤクザは、銃をしっかりと持っていられなかった。銃は発砲の反動で彼の手から飛び出していた。

それからあとは、仙堂本人も何をしたか覚えていない。

したたかな踵や拳への手ごたえを覚えているだけだ。当たるを幸いに、突き、蹴り、踏みつけたのだろう。

気がつくと、三人のヤクザが弱々しくもがいていた。

仙堂は、ビデオ・テープが入ったままのデッキをつかみ、部屋の外へ飛び出した。

そこでカメラを持ったテレビ局の三人と鉢合わせしそうになった。

「どうしました？　今のは銃声ですか？」

薄田が訊《き》いた。

仙堂は叫んだ。

「いいから、早く逃げろ！」

自分でも驚くほど激しい口調だった。

## 10

結局、ホテルに泊まるはめになった。記者の薄田が、局に近い赤坂東急ホテルのシングル・ルームをおさえた。仙堂はその部屋に入った。

緊張も興奮もすでにおさまっている。

赤坂東急ホテルにやってくるまでに、パジェロのなかで、何があったかを話した。

カメラ・クルーの三人は、仙堂の部屋へやってきた。

「私たちもこのホテルに部屋を取りました」

薄田が言った。

今では、仙堂よりも薄田たち三人のほうが緊張しているようだった。

仙堂には、死にかけたという実感がない。ロシアで銃撃戦に巻き込まれたときもそうだった。戦いというのは、はたから見ているほうがこわいことが多い。

戦いの当事者たちは、夢中だから恐怖を感じている暇がないのかもしれない。

それは、空手の試合や稽古にもいえることだった。殴り合い、蹴り合っているのを、まわりから見ていると、実におそろしいものだ。

突きや蹴りが決まるたびに痛そうに見える。とても自分にはあんなまねはできそうにないと思ってしまう。仙堂ですらそうなのだ。

だが、実際に試合のコートに立ってみると痛みはそれほどではない。おおげさにいうと骨が折れても気がつかないことすらある。

そして、自分もそれほど残忍なことをやっているという意識はない。他人が見るとおそろしい技を使っていても、だ。

これまで、仙堂は何とかヤクザたちに勝ち続けている。この勝負で負けることは確実に死ぬことを意味していた。

武道家などヤクザにはとうていかなわないと考えていたことがある。道場での稽古は所詮約束ごとで、本当の喧嘩《けんか》、つまり命のやりとりを前提としているヤクザには役に立たないと思っていたのだ。

しかし、今、仙堂は考えを改めていた。彼は十五年以上、みっちりと空手の稽古を積んできたが、その修行は無駄ではなかったのだ。

戦いに飛び込んでみれば、相手がどんな連中でもそこそこは戦えるのだ。そこで大切になってくるのは兵法だった。

戦いの現場で勝つのは向こうっ気の強いタイプだ。しかし、総合的に見て、最後に勝つのは賢明なタイプなのだ。愚かな者は決して勝つことはできない。

「道場もしばらく休んだほうがいいんじゃないですか？」

薄田が言った。

「そうだな……」

仙堂は考えた。「流派のみんなに迷惑がかかるといけないから、そうするか……」

「しかし、そうなると、ヤクザを引きつけて彼らのやることをカメラに収めるという目的が果たせなくなりますね……」

「どうせむこうから手を打ってくるさ」

「アパートでの出来事は警察沙汰になるでしょうね？」

「どうかな……」

「発砲事件ですしね……。暴力団員が三人、部屋でのびてたとなれば……」

「のびてやしないよ」

「え……！」

「ダメージを与えて一時的に動けなくしたんだ。すぐに気がついたはずだ。人間は殴られて意識をなくしても、そう長い間眠ってるもんじゃない。もし、一時間以上気を失っていたら、脳に何かの後遺症が残ると考えたほうがいい」

「つまり、ヤクザたちはすぐに姿を消しただろうということですか？」

「私ならそうするね」

「とにかく、今夜はここで休みましょう。明日からのことはまた考えればいい」

薄田たちは部屋に引き上げた。

時計を見ると十時だった。モスクワは午後四時だ。

仙堂はナハーロフに電話をしてみようと思った。本部道場の事務所から電話したのは五時間まえのことだった。

ホテルの部屋からは直通で国際電話をかけることができた。電話はすぐにつながった。

ナハーロフが出ると仙堂は言った。

「何度もすまない。だが、今夜からしばらく家に帰らないかもしれないから、居場所を知らせておこうと思ってな……」

「ちょうどよかった。今、アントノフから、電話があったところです」

「驚いたな。さっき彼と話をしてから五時間しか経っていない」

「私も驚きました。アントノフによると、警察内部に、アレクサンドロフの死因を不審に思っている人がいるそうです」

「オスタンキノ・テレビ局なんかの銃撃戦で少なくとも二十五人が死に、百人近くが負傷したと新聞で読んだ。警察もてんやわんやのはずだ。なのに、アレクサンドロフのことを気に留めた警察官がいたというのか？」

「警察の中でも、ちょっと特別な立場の人間だということです」

「特別……？」

「潜入捜査官なのだそうです。もちろん、身分は秘密だということです。だから、アントノフも、滅多に会える人物ではないと言っていました」

「アントノフはたった五時間のあいだに、その潜入捜査官を洗い出し、会うことができたというのか？　驚きだな……」

「軍や警察の人脈は、ちょっと特殊なものがあります。制度を超えたつながりなのです」

日本でよくいう有機的なつながりということか。

確かに戦友というのは、血縁に次いで固い絆があるもののようだ。

「その潜入捜査官は何を調べる男なんだ?」

「麻薬担当だそうです」

「麻薬……」

「アントノフによると、その潜入捜査官とアレクサンドロフは接触があったということです」

「つまり、アレクサンドロフは麻薬の取り引きを追っていたということなのか?」

「そういうことですね」

「あのビデオに映っていたのは、ただの商取り引きではなく、麻薬の取り引きの現場だったのか……」

「アントノフはそう言っています」

「連中もばかではない。取り引き現場に麻薬の現物を持っていくようなことはしなかったわけだ。ビデオに麻薬は映っていない……」

「アントノフは、さらに詳しい話を聞き出そうと調べ回っているようです」

「くれぐれも気をつけるように、アントノフに言ってくれ。麻薬がらみとなると何かと物騒だ」

「だいじょうぶです。アントノフは充分に心得ています」

「そうだろうな」

仙堂は礼を言い、泊まっているホテルの電話番号を教えて電話を切った。

ヤクザたちがビデオ・テープを取り返そうとするのも、麻薬がらみならば説明がつく――仙堂はそう思った。

やりかたが手ぬるいくらいだ。

その理由は、やはり、仙堂が植村真弓に説明したようなことなのだろう。そして、もしかしたら、その暴力団というのは、関西か九州といった、東京以外の土地に本拠を置く組なのではないかと思った。

全国組織の暴力団であっても、関西の組は何かと東京では動きが取りにくいはずだ。

とにかく、今夜は枕《まくら》を高くして眠ろうと思った。

薄田が言ったとおり、明日からのことは明日、考えればいい。

仙堂は、シャワーを浴びると、冷蔵庫からビールを取り出して、一気に半分ほど飲んだ。ようやく気分が落ち着いてきた。

それまで自分では意識していなかったが、ひどく気分がざわついていたようだった。

ようやく眠れそうな気がした。


目を覚ますと、まず本部道場に電話をした。しばらく休みをほしいと言うつもりだった。

電話に出たのは、事務担当の道場生だった。彼は大声で言った。

「仙堂先生！　今、どちらですか？」

仙堂はその口調にびっくりした。

「あるホテルにいる」

「ホテルに……？　いったい何があったんです？」

「それはこっちが訊《き》きたい。何をそんなにたまげているんだ？」

「今しがた、警察が来たんですよ。テレビでニュースもやっていました」

「ニュースだって……？」

「先生の部屋で発砲事件があったって……」

近所の住人が通報したようだ。

「発砲があったと……。それだけなのか？」

「ニュースでは、暴力団がらみの事件だろうって……」

「ということは、警察が来たときには部屋には誰もいなかったということだな……。

やはりな……」

「ねえ、先生……。いったいどういうことなんです？」

「今はまだ話せない。道場に迷惑がかかるから、当分顔は出さない」

「ちょっと待ってください。先生に連絡したいときはどうすればいいんですか？」

「こっちから電話する」

「それじゃ、自分が他の先生にしかられます。せめて、連絡先を……」

「すまんな」

仙堂は電話を切った。

警察が仙堂を追っている。

ちょっとまずい展開になってきたかな、と仙堂は思った。

ドアをノックする音が聞こえた。仙堂が返事をすると、「向井田です」という声がした。

向井田は植村真弓を連れてやってきた。部屋に入るなり、向井田は言った。

「ニュースは見ましたか？」

「いや。だが、そのことは知っている。発砲事件で警察が私を探しているというのだろう？」

「薄田から事情は聞きました。やっぱり警察に話したほうがよくはありませんか？」

「そちらはどういうご意見かな？」

仙堂は植村真弓に尋ねた。

彼女はこたえた。

「あなたが、ビデオの放映をあきらめるというなら、向井田くんの言うとおりね」

「ところが、私は、ビデオの放映をあきらめる気にはなれない」

「ならば、あたしは今の方針を貫くべきだと思うわ」

「そうだろうな」

「でも……」

向井田が言った。「警察があなたを探しているとなると……」

「利用する手はあるな」

「利用……？」

「何か適当な理由をでっち上げて、私がヤクザともめていることにする。私が見たヤクザの人相を話す。たぶん、前科者の写真を見せられるだろう。すると、相手がどこの組の人間かわかるかもしれない」

「警察を甘く見ちゃいけません。ヤクザともめている、などと言ったら、徹底的に理由を追及されますよ」

「私が高田馬場の路上でチンピラにからまれ、やつらをやっつけちまったのは事実だ。その後、代々木公園でもひと悶着《もんちゃく》あった。そういうことがたび重なった結果だといえば納得するように思うのだがな……」

「どうですかね……。たとえ、写真を見せられたとしても、警察は相手のことをあなたに教えないかもしれません」

「やってみなくちゃわからん……」

「賛成できないわね……」

植村真弓が言った。

「なぜだ？」

「警察は、何だかんだと理由をつけて、あなたの身柄を拘束するかもしれないわ」

「私は被害者だ」

「でも、事件の手がかりはあなただけなのよ。厳密にいえば、警察にその権限はないわ。あなたは参考人に過ぎない。でも、警察がそうしようと思えばどうにでもなるわ」

「弁護士でも雇うさ」

「すぐに自由の身になったとしても、必ず警察の監視が付くわ。四六時中尾行されるのよ。警察の監視態勢は暴力団の比じゃないわよ。身動きが取れなくなる」

仙堂は考えた。

「一理あるな……。では、警察の眼を逃がれながらヤクザと接触することになるな……」

「昨夜の映像がおさえられなかったのが残念だわ」

「うかつだった。部屋で待ち伏せていることは容易に予想がつくはずだった。考えが足りなかったよ」

「そうね」

植村真弓はその一言で片づけた。

「ロシアから入った情報がある」

仙堂が言うと、向井田が尋ねた。

「流派のかたを通じて調べたのですか？」

「そう。軍や警察に豊富な人脈を持つ男がいてね。その男が調べてくれた」

「どんな情報です？」

「どうやら、あのビデオに映っていたのは、麻薬の取り引き現場らしい」

「麻薬……」

植村真弓は言った。「どんな種類の麻薬？　コカインなの？　ヘロインなの？　ロシアン・マフィアとヤクザ、どっちが供給源なの？」

「そういう詳しいことはまだわからない。引き続き、調べてくれている」

「どうしてわかったのです？」

向井田が尋ねた。

「殺されたアレクサンドロフは、ある麻薬担当の潜入捜査官と接触があったらしい。われわれの仲間は、その潜入捜査官と話をしたんだ。アレクサンドロフは麻薬を追っていたようだ」

向井田は植村真弓に言った。

「これで、構図ははっきりした。これだけでいけるんじゃないですか？　日ロ間の麻薬疑惑。ひとりのロシア人テレビ記者の死、そして、あのビデオ・テープ」

「週刊誌じゃないんだから、憶測で番組は作れないのよ」

「憶測じゃないですよ。明らかじゃないですか？」

「あのビデオ、見たでしょ？　麻薬のマの字も出てこないのよ。なごやかな日ロのビジネスマンの商談でしかないわ。もっと裏を取らなきゃ……」

「モスクワへ飛びましょう。僕が行って漁《あさ》ってきますよ」

「そうね……」

植村真弓は考えた。「そうしてもらおうかしら……。サハローニンという政治家のことについても詳しく知りたいし……。今、サハローニンがどういう立場にいるのかも知りたいわ。できれば、彼の絵をおさえてほしいわね」

「任せてください」

向井田は仙堂のほうを向いて言った。「その、軍や警察に顔が利《き》くという人を紹介してくれませんか？」

仙堂は慎重に検討した。

「問題ないだろう。アントノフという男だ。ロシアのカウンター・テロ・アカデミーの教官をしている」

「カウンター・テロ・アカデミー？　政府の機関ですか？」

「いや、民間の団体らしい。だが、軍や警察にネットワークを持っているというから、半公半民といった組織なのかもしれない」

「わかりました。連絡先を教えてください」

仙堂は、アントノフからもらった名刺を手帳から抜き出して、向井田に手渡した。

向井田は、メモ帳に、電話番号や住所を書き写した。

「自宅にはおそらく警察の監視がついているでしょうね……」

植村真弓が言った。

仙堂は彼女を見た。

「そうだろうな……」

「そうなると、ヤクザたちもまわりをうろうろできなくなるわね……。どうやって彼らと接触すればいいかしら……」

「やつらは、本部道場を知っている。一度、車で私を尾行してきたからな……。本部道場に連絡してくるかもしれない。私のほうから道場に電話してみる」

「そうね……。カメラ・クルーに厳しく言っておくわ。決定的なチャンスを逃がさないように、とね……」

「僕たちは局に戻ります」

向井田が言った。「さっそく出張の準備をしなくちゃならないし……」

向井田と植村真弓は部屋を出て行った。

仙堂は、クローゼットにかかっていたスポーツジャケットの内ポケットから、八ミリ・ビデオ・カセットを取り出した。

「昨夜のようなことがあると、自信がなくなってくるな……」

彼は独り言を言った。「こいつを、どこか安心できる場所に隠す必要があるな……」

# 11

翌日の夕刻、仙堂は道場に電話をしてみた。ヤクザたちから何か伝言でも入っていないかと思ったのだ。

前回と同じ道場生が電話に出た。

「あ、仙堂先生……。ちょっと待ってください」

「仙堂か？」

別の声がした。仙堂と同じ指導員だった。石丸《いしまる》という名だった。

骨太で、ごつい組手をやる男だ。

「道場に顔を出せなくてすまんな。ちょっと面倒なことに巻き込まれてな……」

「冗談じゃないぞ！　こっちは大騒ぎになっている。しばらく道場を閉めようか、なんて声も出ている」

石丸の声は怒気を含んでいた。

仙堂は眉《まゆ》をひそめた。

「何だ？　何があった……？」

「道場生が三人、入院した」

「入院……？」

「ここからの帰り道、ヤクザに襲われたんだ。まだ緑帯の連中だ。三人は別々に襲われた。ヤクザは言ったそうだ。怨《うら》むなら、仙堂を怨め、とな……」

仙堂は、頭が熱くなるのを感じた。こめかみが脈打っているのがわかる。

自分の身に降りかかる火の粉だったら、何とかできる。だが、道場生ひとりひとりを守り通すことはできない。

仙堂が黙っているので、石丸はいら立った声で言った。

「道場には、若い女性も通ってきている。彼女たちに何かあったらと思うと……」

「入院した連中はどんな容態だ」

「全員、腕や足の骨を折られている。あとはひどい打撲傷が全身にある。ヤクザは木刀で殴りかかってきたと言っている」

仙堂の怒りはおさまりそうになかった。

彼は言った。

「これからそっちへ行く」

「わかった。待ってる」

電話が切れた。


新大久保の道場へ行くと薄田に言ったら、近くまでパジェロで送ると言われた。

大久保通りと明治通りの交差点までパジェロで行き、そこから歩いた。

薄田たちカメラ・クルーは、道場の玄関が見えるところに駐車して待機した。

本部道場の周囲に、怪しい車は見当たらない。ヤクザ者の姿もない。

監視などという面倒な手段は必要なくなったのだ。やつらは、次の手を考えついた。

仙堂は、事務室へ行った。

電話に出た事務担当の道場生が仙堂を見ると思わず立ち上がった。

石丸がいた。彼は、机のひとつに向かってすわり、腕を組んでいた。

石丸は仙堂を見ると、言った。

「説明してもらおうか」

仙堂は立ったままこたえた。

「今さらいやだとは言えないな……」

石丸は立ち上がった。

「来いよ」

「どこへ行くんだ？」

「最高師範の部屋だ」

仙堂は従うしかなかった。ふたりは、最高師範の部屋に向かった。

最高師範は、本部道場の二階にある整体治療院で、施術の指導をしていた。部屋で十分ほど待たされた。

最高師範は明らかに不機嫌だった。石丸と仙堂は、机のまえに立ったまま、最高師範が席に着くのを待った。

最高師範は小柄だが、独特の威圧感を持っていた。仙堂や石丸といった猛者《もさ》たちも、最高師範のまえに出ると借りてきた猫のようになってしまう。

重々しい沈黙のあと、最高師範は言った。

「何やら身辺が騒がしいようだな……」

「申し訳ありません」

仙堂が言った。

最高師範はそれきり何も言わない。機嫌が悪くなると、無口になってしまう。

石丸が助け舟を出した。

「事情を説明するんだ」

仙堂は言われたとおりにするしかなかった。彼は話し始めた。

「そもそもは、ロシアへ行ったことが発端です――」

彼は、順を追ってすべてのことを話した。オスタンキノ・テレビ局での銃撃戦のなかでアレクサンドロフに会ったこと。

ビデオ・テープの中味。

テレビ局のひとつが、そのビデオに興味を示していること。

最高師範は何も言わずにじっと話を聞いていた。石丸は明らかに驚いていた。

仙堂が話し終えると、また、部屋のなかは沈黙に包まれた。

「たまげたな……」

石丸がぽつりと言った。

「今、私は、暴力団のやり口に、猛烈に腹を立てています」

仙堂が言った。「やつらは、単に暴力的だからおそろしいのではなく、どんな汚い手でも平気で使うからおそろしいのだということを思い知りました」

「愚か者めが……」

最高師範は言った。

仙堂は頭を下げた。

「三人の道場生のことは申し訳ないと思っています」

「まったく、何もわかっておらん……」

「はい……？」

「ひとりで全部しょい込んで、何とかなると思ったのか？」

「アレクサンドロフのために、何とかしなければならないと思いました」

「できもしないことを抱え込んで犬死にする気か？　それではアレクサンドロフとかいうロシア人との約束も果たせなくなる。こうして流派にも迷惑をかけることになる。どうしてもっと早く、そのことを話さなかった？」

「この問題は、アレクサンドロフ個人と私個人の間の約束だと思ったものですから……」

「だから愚か者だというんだ……」

最高師範は手を出した。「そのビデオ・テープを出すんだ」

「はあ……?」

「私があずかる」

「最高師範が……?」

「おまえが持っていては、いつやつらに奪われるかわからん。ヤクザを甘く見てはいかん」

仙堂は考えた。

確かに、この最高師範の部屋なら安全だ。仙堂は、断る理由はないと思った。

仙堂は内ポケットからビデオ・カセットを取り出し、最高師範に渡した。

最高師範はデスクの脇の金庫を開け、そのビデオ・カセットをしまった。

「おまえ以外の人間には決して渡さん」

最高師範は言った。「おまえが死んだら、そのテレビ局の人間に渡してやる。それでいいな?」

仙堂はまた頭を下げた。

なぜか気恥ずかしくて、言葉が見つからなかった。

彼は、自分が、道理のわからぬ無謀な人間のような気がしていたのだ。

最高師範は言った。

「理由はどうあれ、わが流派の道場生が乱暴を受けた。この責任は私にある」

「いえ、師範、それは……」

仙堂が言いかけた。

最高師範は一睨みでそれを制してしまった。

「おまえがどう思おうが、道場のことは私の責任なのだ。その件に関しては私が何とかする。だから……」

内線電話が鳴った。最高師範が出た。彼は受話器を仙堂に差し出した。

「おまえに、外線だそうだ」

仙堂は受話器を受け取った。

「仙堂です」

名乗ると、喉の奥から洩れ出すような笑い声が聞こえてきた。

仙堂は相手が何者かすぐにわかった。再び怒りがよみがえってきた。

仙堂は言った。

「やっぱりヤクザ者は汚い手が好きなようだな……」

相手は言った。

「仙堂さん。目的のためなら手段を選ばんのが私ら極道者ですよ。どうです？　取り引きしませんか？」

「取り引き？」

「ビデオ・テープを渡してくれるのなら、もう二度とおたくのお弟子さんには手を出しません」

「ヤクザ者とは取り引きできない」

「またけが人が出ることになりますなあ……。若い女性のお弟子さんもおいででしょう。私らが制作するビデオにご出演いただくことになるかもしれません。レイプものは需要が絶えないんですよ。空手をおやりのかただから、レイプのまえに格闘シーンも見られますね。アクション・レイプとでも銘打ちますか……。売れますよ。ヒット間違いなしだ」

「下劣なことには頭が回るな……。だが、そんなことはさせない」

「強がってもだめですよ。あなたには止められない」

仙堂は間を取った。

「取り引きする気になったら、どうすればいいんだ？」

「そうこなくっちゃね、仙堂さん……。私らが指定する場所にご足労願うことになります」

「どこだ？」

「有明一丁目、東京スポーツセンターの前です。レインボーブリッジでも眺めながら話をしましょう。今夜十二時ちょうど……」

仙堂は場所を頭のなかに叩《たた》き込んだ。

「わかった。道場生には手を出すな」

電話が切れた。

「ヤクザか？」

石丸が訊《き》いた。

「そうだ。ビデオを手渡せば、弟子には手を出さないと言ってきた」

「どうするつもりだ？」

「行くしかない」

「俺も行こう」

「それは許さん」

最高師範が言った。

石丸ははっと最高師範の顔を見た。

「ですが、先生……」

「さきほど言いかけたことだ。道場のほうは私や石丸で何とかする。だから、仙堂、おまえの問題はおまえが始末しろ」

「わかっています」

「だがな、くれぐれも言っておく。揉《も》め事《ごと》を始末するときは腕力だけではだめだ。頭を使え。頭を使わない兵法家は決して長生きできない」

「わかりました」

仙堂は、最高師範の言葉を冷酷とは受け取っていなかった。むしろ、彼は感謝していた。

最高師範は、仙堂とアレクサンドロフの約束を尊重してくれたのだ。仙堂にはそう感じられた。

彼は一礼して、最高師範室を退出した。

事務室に戻り、薄田が持つ携帯電話の番号をダイヤルした。

指定された場所と時間を薄田に教えた。

「有明一丁目、東京スポーツセンター前。午前零時ちょうど……」

薄田は繰り返した。「それまで、どこにいます？」

「私はここにいるつもりだ」

「了解しました。時間に合わせて迎えに行きます」

「どこか行くのか？」

「用意したいものがあるんで……」

「私の棺桶《かんおけ》じゃないだろうな？」

「もっと気のきいたものですよ」

電話が切れた。

仙堂は一階の道場へ行った。ちょうど夜の部の道場生が稽古をしている。

彼らは汗をたっぷりかいて、突き蹴りを繰り返している。

その姿を見て仙堂は思った。

（彼らが再び襲撃されることなど、あってはならない）

彼は、ヤクザたちに対する怒りを掻《か》き立てていた。


夜の十時過ぎに、薄田が本部道場の事務室にやってきた。

「これを身につけてください」

薄田は紺色のベストを取り出した。さらに、白いアンダーシャツを仙堂に渡した。

「何だこれは？」

「防弾ベストと防刃アンダーシャツです。武器マニアの友人がいて、グアムで買ってきたのです。そいつをふと思い出しましてね」

「こんなものが役に立つのか？」

「防弾ベストはケブラー製、防刃アンダーシャツにはチタンの板が入っています。両方を合わせて着用すれば、四四マグナムにも対応できるということです。もっとも能書きをそのまま信じれば、ですがね」

仙堂は着用してみた。

まず、グレーのシャツの下に、防刃アンダーシャツを着る。シャツを着て、防弾ベストを身につける。その上に、スポーツジャケットを羽織った。

コーディネイトの点からいうと少しばかり問題があったが、不自然さはあまりなかった。

四キロほどの重さもそれほど気にならない。むしろ頼りない感じがするくらいだ。

仙堂は、薄田に言った。

「取り引きの場所が、有明と聞いていやな気分だったんだ。東京湾に死体が浮くっていうのはヤクザの常套句《じょうとうく》だからな……。だが、こいつのおかげで、多少は気が楽になった」

「防弾ベストといっても、百パーセント信頼できるわけじゃありません。くれぐれも気をつけてください」

「そっちもな……。撮影しているところを見つかったらただでは済まんぞ」

「わかっています。やばいことには慣れていますから、安心してください」

「囮《おとり》に使うビデオ・カセットがいる。八ミリ・ビデオのカセットは持っていないか？」

「ありますよ。八ミリ・ビデオのカメラも用意してますからね」

薄田はカメラマンに生テープをひとつ寄こすように言った。

仙堂はそれを受け取ると、ラップを破いて捨てた。何も映っていない八ミリ・ビデオ・カセットを内ポケットに収めた。

「じゃあ、行こうか……」

仙堂が言い、薄田がうなずいた。

右手に倉庫街が見え、左手には晴海ゴルフセンターの芝生が見える。その芝生のむこうに、レインボーブリッジと、東京の夜景が見えている。

薄田のパジェロは、待ち合わせ場所からはるか離れた倉庫街のなかで停《と》まった。

全員車から降りて、歩いてスポーツセンター前に向かった。途中でカメラ・クルーたちは仙堂と分かれて倉庫街に身を隠した。

仙堂はひとりでゆっくりと歩き続けた。

やがて、黒い車が二台駐車しているのが見えてきた。メルセデスとリンカーンだった。

その二台の車の脇にふたりの男が立っているのが見えた。

近づくにつれ、それが誰か見分けがつくようになった。

ひとりは、オールバックの若い男だ。スポーツ選手のように引き締まった体をしているのがスーツの上からでもわかる。

その若者は紺色のスーツを着ている。

もうひとりは、パンチパーマをかけていた。やはり若い男で、こちらは背が低かった。チェックのスーツを着ていた。

仙堂は彼らを覚えていた。部屋で仙堂を待ち伏せしていた連中だ。よく見ると、顔に、絆創膏《ばんそうこう》を張り、手首にテープを巻いているのがわかる。

仙堂にやられた傷だった。

彼らが仙堂の足音に気づいた。彼らが、緊張するのがわかった。

仙堂は立ち止まった。

リンカーンのなかから、もうふたり、現れた。

その片方は、やはり仙堂の部屋で待ち伏せをしていたゴリラのような男だった。あのときと同じく黒いスーツを着て、派手なネクタイを締めている。

彼は右手をギプスで固め、首から吊《つ》っていた。仙堂がアパートの部屋で手首を蹴り砕いたのだ。

そのヤクザのとなりにいるのは、気味の悪いくらいにやせた男だ。髪を神経質そうにかっちりと固め、淡い色のついた眼鏡をかけている。

このふたりが兄貴分であることはすぐにわかった。あるいは幹部かもしれないと仙堂は思った。

首が太いゴリラのようなヤクザが言った。

「ビデオは持ってきたろうな、仙堂さんよ」

仙堂は内ポケットからビデオ・カセットを取り出して見せた。何も映っていない生テープだった。

ヤクザは言った。

「携帯用のビデオ再生機をあんたに盗《と》られちまったんで、新しいのを買わにゃならなかった。とんだ散財だ。だが、まあ、そのビデオをくれたら、チャラにしてやろう」

「このビデオと、私の命、だろう?」

ヤクザは、それにはこたえず、言った。

「さて、用事はさっさと済ましてしまいましょう。ビデオをこちらに渡していただきます」

仙堂は、薄田たちがカメラを回していることを祈った。

仙堂はことさらにゆっくりと歩み寄った。

四人の配置を頭のなかに入れていた。誰が動き出しても瞬時に反応できる心構えでいた。

仙堂は、ビデオ・テープを差し出した。ヤクザがそれを受け取る。

「調べてみろ」

ヤクザが仙堂を見たままそのテープを後方に差し出した。

紺色のスーツを着たオールバックの若者がさっと近寄り、両手でそのビデオ・カセットを受け取った。

メルセデスのなかから、新品の再生装置を取り出し、ビデオをセットした。

若者は画面を見つめている。

誰も動かない。

やがて、若者の緊迫した声が聞こえた。

「何も映っていません」

仙堂は迷わなかった。

行動に移るときは今しかなかった。

彼は、ヤクザと取り引きをしにきたのではない。説得しにきたわけでもない。

彼らと接するチャンスがほしかっただけなのだ。何も映っていないビデオ・テープを用意したのは、まさに、このタイミングを得るためだった。

彼は、滑るように足を運んで突進し、最初の一撃をヤクザの顔面に放った。

## 12

腰のひねりを充分に生かした順突きをヤクザの顔面めがけて打ち込んだ。

空手のテクニックのなかで最も速い突きだ。スピード重視の全国空手道連盟の試合などでは、ポイントを取りやすいために、ほとんどがこの順突きがらみだ。

ジャブのように刻む打ちかたをするところから刻み突きとも呼ばれる。

だが打ちかたによっては一撃で相手を倒すことができる。

仙堂はそのような打ちかたをした。

腰の回転、上体のひねり、肩の回転、肘《ひじ》と手首のスナップ――それらを一瞬のうちに利用するのだ。

鞭《むち》で打つようにしなりを利用するのだ。

しかも、試合のときのように拳は引かない。相手の頭のむこうまで突き通すように打ち込んだ。

だが、ヤクザは、それをかわした。

見事なダッキングを披露し、その体のローリングを利用して、自由な方の左でボディーブローを突き上げてきた。

左の肋骨《ろっこつ》の下――脾臓《ひぞう》を正確に狙《ねら》っている。

仙堂は、体をひねり、さらに右手でカバーして、そのボディーブローを避けた。

左の順突きを、すぐさま肘打ちに変化させる。

ヤクザは、さっと肩を上げてその肘打ちをブロックした。

仙堂の左肘が、ヤクザの右肩に叩《たた》き込まれた。ブロックはされたが、ダメージはあるはずだった。

ボクシングのテクニックは、グローブで殴り合うことを前提に体系づけられている。

そのスピードは数ある格闘技のなかでもトップクラスだ。ボクシングのコンビネーションを超えるスピードは、他の格闘技にはほとんど見られない。

近代空手のスピードも驚くべきものだが、それはボクシングのテクニックを取り入れたからだ。

ボクシングの連打は、手で払うことは不可能だ。そのために、体を揺することや、ブロックといった防御が有効になる。

ボクシングでは、腕や肩でブロックするのが当たりまえだ。グローブをつけているからそれが可能なのだ。

仙堂の肘打ちは、クリーンヒットすればコンクリートのブロックを砕く。

それを肩でブロックしたのだから、ダメージがあるのが当然だった。

しかし、ヤクザはひるまなかった。

右の肩を上げておいて、また左のアッパーをボディーに打ち込んできた。

仙堂は、間を取らないわけにはいかなくなった。

これは苦戦といえた。

一度攻撃したら、相手に反撃を与えず、あっという間に無力化する。そうしておいてとどめを刺す――常心流の技はそういう組み立てになっている。

ヤクザは、おそらく、ボクシングをみっちりやったことがあるに違いなかった。体に防御と攻撃が染みついている。

仙堂のアパートでは、意外な動きについてこられなかっただけなのだ。場所も狭かった。

今夜、彼は充分に用心していた。足場もよかった。

間を取ったとたん、若いふたりが仙堂をつかまえようとした。

仙堂は、紺色のスーツの若者のほうをさっと向き、次の瞬間、後ろ蹴りを放った。踵《かかと》をまっすぐ後方に突き出したのだ。

その踵は、仙堂の背から近づいていたチェックのスーツの若者に炸裂《さくれつ》した。胸板の中央に決まっていた。

中段最大の急所といわれる膻中《だんちゅう》のツボだった。

チェックのスーツを着た若者は、そのままひっくりかえった。

紺色のスーツの若者は、仙堂につかみかかろうとした。仙堂はその手を払いのけつつ、相手の顔面に、正拳を見舞う。

紺色のスーツは、顔をそらしつつ、左手で払った。

反射的な防御か、と仙堂は思った。

顔面への攻撃はむしろかわされることが多い。本能的に顔面を守るからだ。

紺色のスーツはすぐさま、右のローキックを繰り出した。

流れるような動きだった。

仙堂の防御も反射的なものだった。足の先を蹴ってくる足の方へ向け、膝《ひざ》を曲げた。

相手のすねに、膝がぶつかる。

相当のダメージがあったはずだが、紺のスーツの若者は、その足を降ろすとすぐにステップして、上段蹴りに切り替えた。

仙堂は、両手で頭部をカバーしながら、前へ出た。

ハイキックを封じるには、前へ出たほうがいい。理想的には、肘や前腕で蹴り足をすり上げるようにしてやるのだ。

そうすれば相手は簡単にひっくり返る。だが、上段回し蹴りは大技なので、恐怖心が先に立ち、なかなか前へ出ることができない。

繰り返し稽古をすることでしかその恐怖心は克服できない。

上段回し蹴りは威力は大きいが、肘や前腕、あるいは肩ですり上げてやれば、完全に威力を殺すことができる。

すり上げる、というのがコツで、大切なのはタイミングだ。タイミングも、繰り返しの稽古でしか学べない。

仙堂は相手の手足を見ているわけではなかった。

相手の攻撃が見えてからでは遅いのだ。よく、パンチの予測というが、予測というのとも違う。

相手の全体の動きに、体が自然に反応するのだ。いわば、パターン認識だった。

紺色のスーツを着た若者はひっくり返った。

膻中に後ろ蹴りを食らって倒れていたチェックのスーツの若者が起き上がって、またしても殴りかかってきた。

複数と戦うとき、確実にひとりずつを無力化していかないと、とても体力がもつものではない。

でないとダンゴ状態になり、いずれは袋叩きにあってしまう。

仙堂は、そのパンチをかわしながら、バックスピン・チョップのような要領で裏拳を見舞った。

裏拳が顔面に叩き込まれる。カウンターだったのですさまじい威力を発揮した。

チェックのスーツの若者は、一瞬、動きが止まった。膝がかくんと折れて、崩れていく。

仙堂は前倒れていく顔面を迎え打つように蹴り上げた。

今度はのけぞって倒れた。チェックのスーツは完全に眠った。

紺色のスーツが、後方から取りついてきた。飛び上がり、仙堂の肩に肘を叩き降ろしてくる。

鎖骨を折りにきたのだ。

仙堂はその動きを、気配で察知した。

相手は、仙堂の後ろ襟をしっかりとつかんで固定している。

仙堂は後方に飛ぶようにして、自分の体を相手に打ちつけた。

肘打ちは不発に終わった。

体が密着したため、肘は仙堂の鎖骨より前方に振り降ろされることになった。二の腕の柔らかい部分が肩に当たった。

仙堂は、ただ肘打ちを避けるためだけに体を密着させたのではなかった。

同時に、首をのけぞらせていた。

仙堂の後頭部が相手の顔面に叩き込まれていた。

たちまち、紺のスーツの男は鼻血を出した。一瞬脳震盪《のうしんとう》を起こしたはずだ。

仙堂は密着しているのを利用し、相手の脇に手を入れ、もう片方の手で袖をつかみ、体をひねった。

柔道の体落としだった。

常心流では、投げ技をよく使う。柔道のように足で相手を跳ね上げるような投げ技は使わないが、相手を崩す技はいくつもある。

体落としのような技は、日常的に道場で練習していた。実戦では、崩し技や投げ技が有効だからだ。

紺色のスーツの男は、脳震盪のために受け身を取れなかった。彼は、頭をアスファルトの地面に打ちつけ、気を失った。

仙堂は、次の一撃に備えていた。

次は、やせた無気味な男が来るか、ゴリラのような男が来るかだと思った。

この連中は単に喧嘩《けんか》慣れしているだけでなく、過去に何かの格闘技をみっちりやったことがあるに違いなかった。

仙堂は、ふたりのほうを向いた。

そのとき、やせたほうの男がゆらりと動いた。

仙堂は身構えた。

やせたカマキリのような男の右手が動いた。力んだ様子はなかった。

だが、その手の動きは驚くほど早かった。手品のような鮮やかさで拳銃を取り出したのだった。

スミス・アンド・ウェッソンの三五七口径。銃身が二インチの、スナップ・ノーズと呼ばれるリボルバーだ。

仙堂は反応できなかった。

彼は、ビデオ・テープをおさえている限り、ヤクザが自分を殺すことはないと考えていた。

その考えが甘かったのだ。ヤクザ者の思考パターンをよく理解していなかったようだ。

彼らにとって、面子《メンツ》は何よりも大切なのだ。

カマキリのような男は、何のためらいも見せず、あっさりと引き金を引いた。

その瞬間、仙堂は恐怖に縮み上がる思いがした。右胸にすさまじいショックを感じた。

肺のなかの空気がすべて叩き出されたような気分だった。

どんな突きや蹴りをくらったときも、これほどの衝撃はない。

仙堂は、自分では気づかなかったが、悲鳴を上げていた。体が後方に弾き飛ばされるのがわかった。

銃弾というのはそれほどのエネルギーを持っているのだ。

あまりのショックに気を失いかけた。

仙堂は、自分が倒れたことにも気づかなかった。おそらく、一瞬、本当に気を失ったのだろう。

倒れたとき、地面で頭を強く打っていたら、そのショックでそのまま昏倒《こんとう》してしまったに違いない。

だが、仙堂は、朦朧《もうろう》としながらも、倒れたときに、顎《あご》をしっかりと締めて、頭を守っていた。

稽古のおかげだった。武術の稽古は、戦う役に立つだけではない。こうした場合、自分の体を守る役に立つ。

事故や災害のときに、被害が少なくて済む可能性が高まる。

さらに、仙堂の体が打撃に慣れていることが幸いしたのだ。

でなければ、着弾のショックで完全に気を失っていたに違いない。

意識はじきにはっきりしてきた。だが、仙堂は倒れたまま動かなかった。ダメージが回復するまでカウントを聞きながら時間をかせぐボクサーのような気分だった。

「殺《や》っちまったか……」

誰かがそう言うのが聞こえた。ゴリラのようなヤクザの声だった。

別の声が言った。

「こんなふざけた野郎は死んで当然だ」

妙にかん高く、それでいて嗄《しゃが》れた声だった。カマキリのような感じのヤクザの声に違いなかった。

「そうだな……」

ゴリラが言った。「ビデオを探し出す手立ては他にもあるはずだ。これで口封じにもなった」

「まだ息があるかもしれねえ。ビデオのありかを聞き出せるかもしれねえぜ」

足音が近づいてきた。

仙堂が着ているスポーツジャケットの右胸には着弾によって穴があいていた。

ふたつの足音が、仙堂のすぐかたわらで止まった。

「……妙だな……」

カマキリのようなヤクザが言った。

「どうした？」

「血が出てねえな……」

「体の下にたまってんだろ。服が血を吸っちまってんだ。今にじわじわ染み出してくるよ」

仙堂は声によって相手の位置を確認していた。

目を開けると同時に、仙堂はあおむけの状態から足を振り上げた。

左足の甲を、相手のすねにひっかけ、右足の踵でその膝のあたりを蹴り込む。ちょうど両足で相手の足をはさむような形になる。

相手は前のめりに投げ出された。その足が、カマキリのような男のものか、ゴリラのようなヤクザのものか、仙堂にはわからなかった。

相手が倒れて初めてどちらかわかった。やせた男のほうだ。他人に銃口を向けて引き金を引くことを何とも思っていない男だ。

仙堂は、その男に憎しみと怒りを覚えた。カマキリのような男は、仙堂のすぐ脇に倒れてきた。

仙堂はためらわず、相手が倒れる瞬間を狙いすまし、その後頭部に鉄槌《てっつい》を打ち込んだ。鉄槌というのは、握った拳の小指側を叩きつけることを言う。

まず仙堂の強烈な鉄槌がカマキリ男の後頭部に叩き込まれる。

その勢いで、カマキリ男の顔面はアスファルトの地面に叩きつけられた。顔面がつぶれるぐしゃりとした感触が、仙堂の拳にまで伝わってきた。

カマキリ男はそのまま動かなくなった。

「野郎！」

ゴリラのようなヤクザが罵声《ばせい》を発して、まだ地面の上にあおむけになった状態の仙堂の頭を踏みつけようとした。

このような状況の練習もしていた。

仙堂が道場でしている練習は、倒されたら「止《や》め」がかかる試合用の練習ではない。実戦的な練習なのだ。

ゴリラのようなヤクザが踏み込んでくる瞬間、仙堂は踵を突き上げた。

その踵が相手の股間《こかん》をとらえた。

金的をとらえる無気味でしたたかな感触が伝わってくる。

ヤクザはくぐもった悲鳴を発して、瞬時にうずくまった。そのまま地面に倒れる。

股間に左手を突っ込み、体を丸くして苦悶《くもん》している。

仙堂は、カマキリ男の脇をさぐり、ホルスターからリボルバーを抜き出した。

シリンダーのリリース・レバーが安全装置と連動している。レバーを前方に押すと、安全装置がかかる仕組みになっている。

仙堂は、銃口付近にある小さなボタンを押して安全装置を解除した。

アントノフに教わった知識だった。

金的に与えられたダメージはなかなか去らない。

喧嘩慣れしてくると、金的への攻撃を食らわないようにはなる。だが、一撃もらってしまったら、いかに体を鍛えていようと、喧嘩慣れしていようとどうしようもない。

「そのままじっとしてろ」

仙堂は言った。

ゴリラのようなヤクザはタフだった。股間を蹴り上げられ、苦悶しながらも、仙堂を睨みつけている。

隙あらば、足にでもしがみつこうという気迫が見て取れた。

さすがに素人《しろうと》ではないと仙堂は思った。並の人間なら、とっくに戦意を喪失している。

こういうタイプと喧嘩をするのが一番やっかいなのだ。どんなに殴られようが蹴られようが負けを認めない。

蛇のように執念深い。最終的には相手を半殺しにしてしまう。あるいは本当に殺してしまうのだ。

仙堂は相手にしがみつかれるのを警戒して離れて立っていた。

「質問にこたえてもらう」

仙堂はリボルバーの撃鉄を起こした。この銃はダブル・アクションなので、撃鉄を立てなくても引き金を引きさえすれば弾丸が発射される。だが、撃鉄を起こすことで相手に心理的プレッシャーをかけることができる。

ヤクザは何も言わない。

「簡単な質問だ。こたえは一言で済む」

ヤクザは今にも嚙《か》みつきそうな顔で仙堂を睨みつけている。

仙堂は銃口をぴたりとヤクザに向けている。彼は尋ねた。

「あんた、どこの組の人間だ？」

ヤクザは、仙堂を睨みつけながら、鼻で笑った。凄味のある笑いだった。

「てめえなんぞに筋目名乗りたかねえな……」

「私が撃てないと思っているな」

仙堂は軽く引き金を引いた。銃声がとどろき、耳が痛くなった。

ヤクザのすぐそばに着弾した。

ヤクザは身を固くした。仙堂は言った。

「本当はもっと遠くに外すつもりだった。このように私はあまり射撃がうまくない。威《おど》しのつもりでも当たってしまうかもしれない」

仙堂は再び撃鉄を起こした。「さて、私の腕に賭《か》ける気はあるか？」

ヤクザは、仙堂の真意を計りかねているようだった。

仙堂の指が引き金にかかる。

銃口を向けられる恐怖に勝てる人間はあまりいない。銃の威力を知っていればなおさらだ。

ヤクザにとっても、仙堂にとってもぎりぎりのかけひきだった。

「待ってくれ」

ついにヤクザが言った。

彼は、肩で息をしていた。がっくりと力を抜いて、彼は言った。

「ちくしょう。筋目名乗らねえくらいで、命《タマ》取られちゃ合わねえ……」

「どこの組だ？」

「河西《かわにし》組だよ」

# 13

河西組が関西系の広域暴力団のひとつだということは仙堂も知っていた。ぎりぎりのところでしゃべった言葉だ。それに、ヤクザにとって筋目を名乗るというのは名誉の問題でもあるから、嘘ではないはずだ。

仙堂はそう思った。

「むこうを向け」

仙堂は命じた。

ヤクザは、意地を張り続けていた緊張がぷっつりと切れてしまったのか、もはや仙堂の言葉に逆らわなかった。

銃の威《おど》しが効いているせいもあった。

ヤクザは、寝返りを打つように、仙堂に背を向けた。

仙堂はヤクザにそっと近づいた。

ヤクザが言った。

「撃たれたのに、何で生きてるんだ」

「ヤクザを相手にするんだ。それ相当の準備はするさ」

「防弾チョッキか……」

仙堂はそれにはこたえず、ヤクザの耳の下に手刀を振り降ろした。

ヤクザの首は太い。それは生まれつきの体型のせいもあるだろうが、ボクシングで鍛えたためでもあった。

首を太く鍛えると、顔面へのパンチで脳震盪を起こすことが少なくなる。

テレビでよくやるように、銃で殴らなかったのは、やはり殺すのがいやだったからだ。他人を殺して平気なのはヤクザ者くらいだ。

銃などの鈍器で頭部や、耳の下などを殴ると、比較的簡単に人は死ぬ。脳を取り巻く硬膜の内外に血腫ができるからだ。

仙堂の手刀をもろにくらい、首を鍛えていたヤクザもたまらずに眠った。

仙堂は拳銃を放り出すと、その場から駆け出した。

今になって右胸がひどく痛んだ。

肋骨《ろっこつ》が折れているかもしれないと仙堂は思った。

着弾の威力はそれくらい大きかった。

息をすると鋭角的な痛みが走る。折れていなくても、確実にひびは入ったと仙堂は思った。

走ると、衝撃でその部分に痛みが走る。刃物でえぐられるような鋭い痛みだ。

だが、仙堂は走るのをやめなかった。

戦いで血がたぎっていた。生きのびたという喜びで叫び出しそうな気分だった。

彼は、ひたすら、国道三五七の方向へ走っていた。

どのくらい走ったか自分ではわからなかった。それくらい気分が高揚しているのだ。

後方から車のエンジン音が聞こえた。

黒いメルセデスかリンカーンが追ってきたのかと思った。

振り返ったが、ヘッドライトが見えるだけだ。仙堂は止まらなかった。

車が仙堂を追い抜いて停まった。

パジェロだった。

カメラマンが助手席の窓から顔を出して手を振っている。

「仙堂さん！　早く」

仙堂はパジェロに駆け寄り、後部座席のドアを開けて乗り込んだ。ドアを閉めると、薄田はすぐに車を出した。

仙堂は車が走り出すと、ぐったりとシートにもたれた。興奮の反動がやってきた。ひどい倦怠感《けんたい》で口をきく気もしなかった。

相手の動きに反応するために、戦いの最中はすさまじい集中力を要求される。格闘は体力ももちろん必要だが、それよりも集中力が大切なのだ。

戦いのあとはその激しい神経の集中のツケが回ってくる。

銃弾が当たった胸のあたりの痛みも激しくなってきた。車が揺れるたびに痛みが走る。

仙堂はジャケットの前をめくり、防弾ベストに触れてみた。

ケブラー繊維のなかに、つぶれた銃弾が埋まっていた。

「この防弾ベストのおかげで命拾いしたよ」

仙堂はものうげに言った。

ＡＤが隣りから、銃弾をのぞき込んで、驚きのつぶやきを洩らした。

「見てましたよ」

薄田が言った。「カメラにもバッチリ収めました」

「そいつはでかした。今度はあの女性キャスターも、何も言うまいな……」

「撃たれてひっくり返ったんで、ぎょっとしましたよ」

「実際、ひどいショックだった。たぶん、あばらをいっちまった」

「折れたんですか？」

「ひびだな……。しばらくは寝返りを打つのに苦労するよ」

「何か聞き出せたんですか？」

「組を聞き出したよ。河西組だと言っていた」

「なるほど……。関西の組ですね」

「ああ……。思ったとおりだったよ……」

仙堂の声がさらにものうげになった。

「ホテルまで送ります」

薄田が言った。「そのあと、僕らは局へ戻って植村キャスターに撮ったビデオを見せます」

「よろしく言ってくれ……」

仙堂はそれきり口をきかなくなった。彼はひどい疲労感に耐えられず、眠りに落ちたのだった。

一晩ぐっすりと眠り、翌日、午前中に本部道場へ電話をかけた。

とりあえず無事であることを知らせたかったし、ヤクザがいやがらせを続けているかもしれないと思ったのだ。

昨夜の一件を考えると、連中は怒りをつのらせていて当然だった。

まだ何事もないということだった。また連絡するといって電話を切った。

仙堂はその日、一歩も部屋を出なかった。

ヤクザの監視とともに、警察の眼を意識したのだ。

夜になり、彼はテレビ局に電話をして、植村真弓と話したいと言った。彼女は手が離せず、一時間後に彼女のほうから連絡するということづてが返ってきた。

仙堂は用心してルームサービスで食事をした。

警察の眼はどこにあるかわからない。

彼が赤坂東急ホテルにいることを、警察が知るのは時間の問題かもしれない、と仙堂は思った。警察が本気になったら、都内中のホテルの宿泊客のなかに仙堂の名がないかどうか調べるはずだった。

しかし、仙堂は容疑者ではない。幾多の事件に常に追われている警察がそこまでやるだろうか、とも思った。人が死んでいるわけでもない。何かを盗まれてさえいない。ただの発砲事件に過ぎないのだ。

事実、あれ以来、警察は本部道場にも現れていないという。「仙堂さんが出てらしたら、連絡を下さい」という一言を残して行ったらしいが、もちろん、仙堂は誰にも連絡はさせなかった。

アレクサンドロフのビデオが放映されることがはっきりするまでは、自由の身でいたかった。今、警察が介入してくると、放映されるまえに、ビデオが押収されるのではないかという心配があった。

警察が証拠品であると主張し、裁判所が認めて令状を発行すれば、それができるはずだった。

食事を終えて、しばらくすると電話が鳴った。

相手は植村真弓だった。

「ビデオ、見たわ」

彼女は言った。「連中は河西組ですって？」

「あのビデオのなかに映っているヤクザのひとりがそう言った。それで、どうなんだ、あのビデオの出来は？」

「まあ、使えるわね」

「命懸けで撮ったビデオに対して、少しばかりつれない言いかたじゃないか？」

「あたしは、放映される番組全体を考慮して言ってるの」

そう言ってから、彼女は、付け加えた。「たいへんなご活躍だったわね。あのビデオがどういうふうに使えるかは別として、映っている内容には驚かされたわ……。本物の銃と殴り合い……。強いのね……」

「運がよかったのかもしれない。薄田さんが用意してくれた防弾ベストも役に立った」

「その点がちょっとひっかかっているの……」

「どういう意味で……？」

「あなたは撃たれることを予想して防弾ベストを着ていた。カメラがその現場をあらかじめ狙《ねら》っていた……」

「つまり……」

仙堂はぴんときた。「ヤラセだと言われるということか？」

「口の悪い連中はそう言うかもしれないわね」

「防弾ベストを着ないで行って死ねばよかったということか？」

「そうは言ってないわ。使いかたに注意が必要だと言ってるのよ」

「撮り直しはご免だよ」

「もちろんよ。編集で何とかするわ。あとは麻薬に関するもっと確実な情報が必要よ」

「向井田さんはいつ出発するんだ？」

「ビザの関係で出発までに、あと、三、四日はかかりそうね。ビザが降り次第出発するわ」

ロシア行きのビザを取るためには、あらかじめ旅行日程を決めて、予約を取っておかなければならない。だが、ロシア側からのインヴィテーションがあれば、比較的簡単にビザが降りる。

テレビ局ともなれば、いろいろな手を持っているに違いなかった。

「私のアパートでの発砲事件で、警察が私を探し回っている」

仙堂は言った。「ビデオを撮ったので、私がヤクザと直接交渉をする必要はもうなくなった。何とか警察のほうの手を打ちたいのだが……」

「そうね……」

植村真弓は検討しているようだった。「わかったわ。明日、局に行くまえに、そちらに寄るわ。そこで話し合いましょう」

「何時だ？」

「午後一時」

「わかった」

仙堂は電話を切った。

会った当初、とてもではないが、植村真弓には好感は持てないと感じていた。

しかし、仙堂は少しずつ考えを改めつつあった。彼女のような割り切りかたは、仕事の上では必要なのかもしれないと思い始めていた。

仕事の上で妥協したり、何となく旧来のしきたりに従っていいかげんに済ましたりというのは、男に多い態度だ。

男が長年かかって作り上げた社会だからだ。だが、このきわめて日本的な方法は、海外では通用しないかもしれない。

一線で活躍する女性の物言いは杓子《しゃくし》定規に聞こえることがあるが、本音とたてまえを区別しないそうしたやりかたは、実は国際的なビジネスでは当たりまえのことなのだ。

事実、植村真弓は仕事をこなしている。彼女は信頼に足る人間なのではないかと仙堂は思い始めた。

彼女がビデオを放映すると言ったら、それは本当に実現するのかもしれない。仙堂はそんなことを考え始めていた。

翌日、植村真弓は時間きっかりに現れた。

「どこで話をする？」

「部屋でいいわ」

「ホテルの一室で、私とふたりきりで？」

「余計はことは気にしないで」

「そうだな……」

植村真弓は、椅子《いす》に腰かけた。椅子が部屋にはひとつしかなかったので、仙堂はベッドに腰かけることになった。

「だが、シングル・ルームで、ふたりで話をするのは、本当はルール違反だ。あんたは、ルールにうるさいものと思っていたが……」

「このホテルの部屋は、常に局でいくつか利用しているの。顔が利《き》くのよ」

「私はある程度のことは警察に話してもいいと思う。今後の河西組の動きを封じるためにも……」

「ビデオの話はできないわ。麻薬の話も……」

「そうだな……」

植村真弓は、しばらく考えていた。

仙堂は、彼女の頭の回転の早さも認め始めていた。

やがて彼女は言った。

「いいわ。警察に連絡しましょう。どこの署？」

「本部道場の事務室に訊《き》けばわかる」

仙堂は電話した。担当は、牛込署捜査課四係の増井《ますい》という部長刑事だった。

仙堂はついでにヤクザたちの様子を尋ねてみた。

「今のところ、何もありませんよ。あれから道場生が襲撃されたという話も聞きませんし……。平穏無事ですよ」

そういうこたえが返ってきた。

仙堂は、電話を切ると、そのことを植村真弓に伝えた。

「無事なのはいいことだが、気味が悪いな……」

「あきらめたんじゃないかしら?」

「そんな連中とは思えないな……」

「警察の担当者の名前、わかったの?」

「わかった」

「あたしが電話するわ」

「あんたが……」

「そして、警察とはあたしが話をする。ビデオを守るために、あたしの言うとおりにしてちょうだい」

　仙堂は、しばらく考えて、言った。

「わかった。そうしよう」

　植村真弓は、仙堂から電話番号を書いたメモを受け取り、電話をかけた。

　担当の増井部長刑事は出かけていた。だが、仙堂の居場所を教え、会いたがっていると伝えると、電話に出た相手は、すぐに連絡すると言った。

　そして、二十分後に、ノックの音が聞こえた。

　仙堂が返事をすると相手はドアの向こうで言った。

「牛込署の増井といいます」

　仙堂はチェーンをかけたままドアを開いた。そこに立っていた男を見て、仙堂は相手が嘘をついているのではないかと疑った。

　彼は河西組のヤクザがまたやってきたのではないかと思った。

　ヤクザが増井のことや、植村真弓が増井と連絡を取ったことなど知るはずはない。だが、知る方法はまったくないとは言い切れないのだ。

「仙堂さんですね」

相手は言った。

そして、胸のポケットからつやのある黒い表紙の手帳を取り出して掲げた。手帳には紐《ひも》がついており、星章と警視庁の文字が見て取れた。

その男は、見かけはヤクザと変わらないが、本当に刑事のようだった。

髪を短く刈り、額の両側を深く剃《そ》り込んでいる。眼つきが鋭く、首が太い。押し出しの強いタイプで、黒のスーツにノーネクタイだった。

仙堂は一度ドアを閉め、チェーンを外してからあらためて開けた。

増井は軽く会釈《えしゃく》をして部屋に入ってきた。遠慮のない眼つきで、まず仙堂を観察し、続いて植村真弓を見た。

植村真弓は立っていた。たったひとつしかない椅子を増井に提供しようと思ったのだ。

だが、増井はその椅子にすわろうとしなかった。

仙堂も腰かけなかった。そのために、落ち着かない話し合いの雰囲気になった。

「刑事というのは二人一組で行動するものと思っていましたけど？」

真弓が言うと、刑事はこたえた。

「原則はそうですがね。そうじゃないことだってある。一人で動きまわるのが好きな刑事もいる」

「あなたがそういうタイプだということ?」

「それで……?」

増井は植村真弓の言葉を無視するように、仙堂に言った。「どうしてまたこんなところにおられるわけでしょう?」

仙堂が何か言うまえに、植村真弓が言った。

「身の安全のためです」

増井はまた、遠慮のない眼つきで植村真弓を見た。

「あなたは?」

彼女は、局の名前を頭につけて名乗った。テレビの画面で見ているような感じがした。

彼女は説明を始めた。

「仙堂さんは、ある重要な情報を私たちに提供してくださいました。その情報がもとで、暴力団に威されるはめになったのです。彼の身の安全を確保するために、私たちがホテルの部屋を用意しました」

増井は、仙堂のほうを向いて言った。

「重要な情報というのは何です？」

また仙堂がこたえるまえに、植村真弓が言った。

「それは申し上げられませんわ」

「植村さん」

増井は言った。「私はね、仙堂さんに話を聞きに来たんだ」

「あたしが代わりにおこたえします」

「あんたは弁護士じゃない」

「必要なことはお教えします。仙堂さんを襲った連中は、河西組と名乗りました」

「河西組……？　河西組系列の組は東京にもたくさんある。そのうちのどの組だね？」

「それはわかりません。相手は河西組と名乗っただけです」

「発砲事件があったとき、あなた、部屋にいらっしゃったのですか？」

増井は、あくまで仙堂に質問している。仙堂は植村真弓の顔を見た。植村真弓はうなずいた。

　仙堂はこたえた。

「いた」

「そのとき、相手は何人いました？」

「三人だ」

「状況を詳しく話してくれませんか？」

「部屋に入ったとたん、ドスを首にあてがわれた。正面にあとふたりいた。そのうちのひとりが銃を持っていた」

「その状態から脱出なさったのですか？」

「日頃の鍛錬のおかげだな」

「空手の……？」

「まあ、それと運がよかったのかもしれない」

「運はそのうち尽きますよ。どうしてすぐ警察に連絡しなかったのです？」

「その必要がないと思ったからだ」

「銃やドスを持ったヤクザ三人に襲われて？」

「そう。生きのびたのだから、それでいいと思った」

「いったい、何のために、河西組と名乗った連中はあなたを襲ったのです?」

植村真弓はぴしゃりと言った。

「それは今は申し上げられません」

増井は、ぐいと植村真弓を睨んだ。凄味のある眼つきだった。

彼は捜査課四係だということだった。つまりマル暴刑事《デカ》だ。ヤクザどもと渡り合ってきた眼なのだ。

「植村さん」

彼は言った。「これは刑事事件の捜査なんだ。横から口をはさむのはやめてもらおう」

仙堂は、その増井の態度を見て、逆らわないほうがいいような気分になっていた。

14

植村真弓はまったくひるまなかった。

「仙堂さんが私たちに提供してくれた情報を、お教えしないとは言ってませんわ。時期がきたら、すべてをお教えします」

「時期……？」

「私たちの番組で放映した後で、です」

「お嬢さん。警察をなめてもらっちゃ困るな。テレビ局ふぜいが法律に楯《たて》ついちゃいけない。何なら、テレビ局に家宅捜索《ウチコミ》かけて、その情報とやらを力ずくで聞き出してもいいんだ」

「何の容疑で？」

「捜査の妨害だから、公務執行妨害だ。刑法九五条だ」

「公務執行妨害というのは、公務員の職務を執行するにあたり、これに対して暴行または脅迫を加えることによって成立するんでしょう？　私たちは、暴行も脅迫もしていないわ」

増井は、少しばかり鼻白んだようだった。罪名を口に出せば、一般人はおとなしくなるだろうと考えていたようだ。

「ならば、刑法一〇四条の証憑《しょうひょう》の湮滅《いんめつ》だ」

「刑法一〇四条でいう証憑というのは、他人の刑事被告事件に関する証憑を指すのでしょう？　この場合、当てはまらないわ」

増井は、ぽかんとした表情で植村真弓を見た。

今のやりとりに、仙堂も舌を巻いていた。

植村真弓はさらに言った。

「刑事訴訟法二一八条によって、検察官、検察事務官、そして司法警察職員は、差押え、捜索、検証ができることになっているわ。でもそのためには、裁判官の令状が必要なのでしょう。そして、刑事訴訟法二一九条では、差押え、捜索、検証はできるだけ特定されなければならないことになっているはずよ。つまり、令状には被疑者の氏名、犯罪の名称、差し押えする物、捜索する場所、身体もしくは物、検証する場所もしくは物または検査する身体および身体の検査に関する条件などがはっきり記載されていなければならないはずですね。テレビ局に対する令状が下りるとは思えませんね」

増井は、口をあんぐりと開けていた。強持《こわも》てする顔だけに、その表情は滑稽《こっけい》ですらあった。

「だがね」

増井は気を取り直して言った。「こいつは犯罪の捜査なんだよ」

「刑事訴訟法によれば、捜査機関による捜査の構造はまず任意捜査でなければならない、ということになっているはずよ。任意捜査では、差押え、検証などの強制処分を行えないのが原則でしょう」

増井の旗色はますます悪くなってきた。

実際、日常の捜査ではかなりの無茶が容認されているのだろう。捜査される側は、法律にはそれほど詳しくないのが普通だから、少々強引な捜査も問題になることは少ない。

実際、強引なくらいの捜査を行わなければ検挙率は上がらないし、凶悪な犯罪には対処できない。

増井は普段、暴力団を相手にしているので、なまぬるいやりかたでは仕事にならないに違いない。

だが、相手が植村真弓のような人間だと、多少勝手が違うようだ。

植村真弓はとどめを刺すように言った。

「報道の自由は憲法で保障されているのはご存じでしょう?」

「まいったな……」

増井は、ぽつりと言った。思わず本音を洩らしたという感じだった。

テレビ局が、警察の要求を拒否して、ビデオを提出しなかったという例は過去にもある。

植村真弓は、テレビ局の人間だから、当然そういう事例は知っているはずだった。警察の捜査に対してどういう態度を取ればいいかということも教育されているのだろう。

増井は言った。

「あんたがそうくるなら、こっちも考えなきゃな……。放送記者クラブにゃあんたんとこの記者だっているんだろう。連中は、夜回りと称して、勤務時間外の私のまわりをうろついてネタを集めようとする。あんたの局の記者だけが蚊帳《かや》の外に置かれちまうかもしれねえなあ……」

「それがどの程度、報道に影響するかしら?」

事実、記者クラブのなかの特定の記者を締め出すことはできない。

増井はしかめ面をした。

「私らは持ちつ持たれつだということを言いたいんだよ」

増井は明らかに、自分が過ちを犯したと気づき始めているようだった。

攻めかたを間違えたのだ。植村真弓は恫喝《どうかつ》が通用する相手ではなかったのだ。

ここで、植村真弓は、最後の一手を打った。

にっこりとほほえんだのだ。彼女は間違いなく美人で、その笑顔にはたいへんな威力があった。

部屋のなかの雰囲気が一瞬にして変わってしまった気がした。仙堂は、彼女の笑顔を見るのはこれが初めてだと気づいた。

植村真弓は言った。

「そう。持ちつ持たれつ。あたしもそう思うわ。だから、仙堂さんの情報は必ずあなたに提供するわ。ただ、もうちょっと待ってほしいと言ってるのよ」

増井は、思案していた。

日本の警察官は取り引きをしないといわれている。だが、時と場合によるのだ。

「でかいネタかい……？」

増井は、睨むような眼つきで言った。

「そう思うわ」

増井は、またしばらく考え込んだ。そして、もう一度言った。

「持ちつ持たれつだよなあ……」

それはひとりごとを言うような調子だった。

「そう……」

植村真弓は言った。「あたしたちは、充分に協力的だと思うわ。あなたが捜査しているのは、仙堂さんのアパートでの発砲事件でしょう？　その犯人は河西組系の暴力団組員だという有力な情報を提供したのよ」

増井は、大きく息をついた。

「その組員を特定したい」

彼は仙堂に言った。「写真を見に、署まで来てくれるかい？」

仙堂はうなずいた。

「かまわんよ」

植村真弓は言った。

「仙堂さんの身柄を拘束したりしないでね」

「わかってるよ」

増井は言った。「刑事訴訟法上、その権限はない。任意による同行だからな」

仙堂は、牛込署でおびただしい数の写真を見せられた。

増井は折り畳み式のテーブルをはさんで向かい側にすわっていた。彼は、脚を組み、横を向いて、あらぬ方向を見ていた。「テレビ局に持ち込んだ情報って、いったい何なんだ?」

「なあ、あんた……」

仙堂は次々と写真をめくっていた。その手を止めずにこたえた。

「そいつは言えないことになっている」

増井はいきなり手を伸ばして、仙堂の手首を握った。仙堂は手を止めただけで、写真から眼を上げようとはしなかった。

増井が身を乗り出すようにして言った。

「ここは俺のナワバリだ。ここでならたいていのことができる。そういう口のききかたはためにならんぞ」

仙堂は眼を上げた。

増井が仙堂を睨んでいた。増井はその眼つきに自信を持っているようだった。植村真弓の笑顔と同じだ。仕事の上で、あるいは生きていく上で有効な表現方法なのだ。

だが、そのときの仙堂の眼差《まなざ》しも負けてはいなかった。

彼はロシアで銃撃戦をくぐり抜け、日本に戻ってきてヤクザたちと命懸けのかけひきをしてきた。

彼自身は意識していなかったが、その経験が彼の眼光に力を与えていた。

増井と仙堂はしばらく無言で睨み合っていた。

先に力を抜いたのは増井のほうだった。彼は手を引っこめ、片方の肩をすくめて見せた。

「やっぱり、あんたも威《おど》しに屈するような人じゃないか」

仙堂は、再び写真をめくり始めた。

「なあ……」

増井がまた話しかけてきた。「ひとりはドスをあんたの首にあてがっていたと言ったな?」

「そうだ」

「どっち側だ?」

「右だ」

「そして、正面にふたりいて、そのうちひとりは銃を持っていた……」

「そう」

「どうやって切り抜けたんだ?」

「覚えていない」

「自分でやったことだろう?」

「いつもそうなんだ」

仙堂は言った。「最初の相手の攻撃だけ覚えている。あとはどうしたか、自分でも覚えていない。勝手に体が反応するんだ。気がついたら相手は倒れている」

「いつも……? そりゃ街中の喧嘩《けんか》の話かい?」

仙堂はもう一度眼を上げて増井の顔を見た。増井は、興味深げな表情をしている。

仙堂は写真に眼を戻した。

「いや、道場での話だ」

「気にするなよ。そんなことまで追及しやしない。どういう状況だったか詳しく知る必要があるんだよ。興味もあるしな……」

「興味……」

「空手さ。俺も学生時代やってた。糸東《しとう》流だ。警察にゃけっこう空手をやってたやつが多い」

警察官が武道家に親近感を示すのはよくあることだった。警察官に武道好きは多い。彼らも術科と称して、必ず武道を経験するからだ。腕に自信も持っている。

「ドスを持っているやつの足を踏みつけた」

「あ……？」

「それ以外方法はなかった。それから、右手をおさえられていたので、足を踏みつけると同時に、相手の腕を巻き込むように下に逃がれた。相手はうまいこと投げ出された。そのあとのことは、さっきも言ったとおり、覚えていない」

「たまげたな……。一歩間違えりゃ死んでたぜ……」

「じっとしてても死んでたさ。相手はヤクザだ」

「あんたの持っていた情報って、そんなやばいものだったのか？」

仙堂は手を止めた。

増井は、にやにやと笑っている。

「こたえられないんだったよな」

仙堂は何も言わず、写真のファイルを増井のほうに押しやり、指差した。

「ん……？」

増井はその写真をのぞき込んだ。

「こいつか？」

「間違いない」

増井は眠そうな半眼になった。それが、何かを考えるときの増井の癖であることに、すでに仙堂は気づいていた。

「他には……？」

仙堂はさらに、写真をめくった。すぐにもう一枚を選び出した。

先に見つけたのが、ゴリラのようなヤクザで、後に見つけたのがカマキリ男だった。

「そのふたりははっきり覚えている」

「他にもないか見てくれ」

仙堂はそれから二十分ほど写真をめくり、すべてを見終わった。

「知っているのはその二枚だけだな」

「充分だと思うね」

増井は言った。

「河西組の組員なのか？」

増井は、仙堂をふと横目で見た。教えるべきかどうか迷っているようだった。

増井はやがてうなずいた。

「警察ってのは、手の内を明かさないもんなんだが、あんたには教えていいような気がする。この男は、本家の組員じゃないが、河西組系列の組員に間違いはない」

増井はゴリラのようなヤクザの写真を指差した。「新宿区喜久井町に居を構える、寺町《てらまち》組の若頭で、本庄《ほんじょう》耕吉《こうきち》。もうひとりは、その兄弟分で若頭補佐の根津《ねづ》志郎《しろう》だ。寺町組の組長は本家から杯をもらい、東京に進出してきたってわけだ」

「若頭というと幹部なのだな……」

「組のなかではナンバー・ツーだな。若頭という呼びかたは関西風でね……。関東だと代貸とか、最近では専務理事とかってことになる」

「ナンバー・ツーが直々《じきじき》におでましになったわけか。光栄だな……」

「本庄はばりばりの武闘派だ。あんた、本当に運がよかった。いや、それよりも、あんたの空手の腕が本物だということかな……」

「もう帰っていいのかな？」

増井は、面白くなさそうな顔になった。

「やっぱり、話してはくれんのだろうな……」

「悪いが、こちらにも事情がある」

「あんたがヤクザなら、署の道場へ連れていって、刑事三人がかりで吐くまで痛めつけるところだがな……」

「本当にそんなことをするのか？」

「やるよ。どんなヤクザもたいていは落ちる。普段暴力をひけらかしているようなやつらは、より大きな暴力に案外もろい」

「それぞれ仕事のやりかたがあるのだろうから、私は批判はしない。法律にはそれほど詳しくないしな……」

「しかし、たいした女だよなあ……」

「植村真弓のことか？」

「ああいう女にゃ、なかなかお目にかかれない……」

「その気になれば、毎日おがめる。『ニュース・アンカー』という番組のキャスターだ」

「あ……」

増井は言った。「そうか……。どこかで見たことがあると思っていたんだ……」

「私は、彼女を信頼し始めている。私の情報を彼女がきっと取り上げてくれるはずだ」

「どんな情報なんだ？　話してくれよ」

仙堂は、このぶっきらぼうで押し出しの強い刑事に、不思議なことに好感を抱いていた。

普通に見れば嫌なやつだ。

警察の権力を笠に着て、横暴な態度を取っているように思われがちだ。だが、彼は、実は権力を笠に着ているわけではない。

仕事に誇りを持っているのだ。彼は仙堂と出会ってから、一度も、自分自身のために職権を濫用《らんよう》したことはなかった。

自分を偉く見せるため、とか気分を晴らすために声を荒らげるようなこともなかった。職権を強調したいがために、やたらに怒鳴る警察官というのは多い。民主警察というのは形だけだと識者はいう。

増井は、見せかけはどうあれ、決して不心得な警察官ではなかった。しかも、ヤクザまがいの風貌の裏から、意外な素直さが見え隠れする。

仙堂は、言った。

「私はモスクワで、あるテレビ局の記者と知り合った」

「モスクワ……？」

「その記者は、一本のビデオ・テープを私に託した。そのビデオを日本のテレビで放映してほしいと彼は言った」

「なぜ日本で……？」

「モスクワでは放映できない事情があったようだ。そのことを裏付けるかのように、その記者は死んだ」

「死んだ……？　殺されたのか？」

「さあな……。だが、私はその記者と約束をした。その記者が命を懸けて私に託したビデオを必ず日本のテレビで放映する、と。死んだ者との約束はどんなことがあっても果たさなければならない」

増井は複雑な表情をしていた。歩の一手で角と飛車を封じられた将棋指しのような顔つきだった。

やがて、増井は言った。

「まいったな……。俺ァ、そういう話にゃ弱いんだ」

「植村真弓も言ったが、私が約束を果たしたあとなら、知ってることは何でも話す。これは約束する」

「河西組はそのビデオに関係してるのかい？」

「だろうと思う。でなければ、私が襲われる理由はない。本庄というヤクザは、私の流派の道場生まで襲った。まだ色帯の道場生だ」

「その話も詳しく聞いておく必要があるな……」

仙堂は話した。

仙堂が話し終わると、増井は言った。

「本庄と根津を起訴することになったら、あんた、証言してくれるな?」

「する。それも約束する」

増井はまた溜め息をついた。

「しゃあねえな……。今日はこんなところか……。帰っていいよ」

仙堂は立ち上がった。

増井は、すわったまま声をかけた。

「ああ、植村さんに会ったら言っといてくれ。あんたは鼻持ちならない女だな……」

彼は人なつこい笑顔を見せた。「だが、俺はファンになったぜ、と……」

## 15

警察の監視を気にする必要はなくなったので、仙堂は牛込署から道場に向かった。

河西組系寺町組の本庄のことが気になった。

道場に出かけると、さっそく最高師範に呼ばれた。最高師範の部屋には石丸がいた。

「どうやら無事だったようだな」

石丸が言った。

「何とか……」

「どういうことになった？」

「蹴散らしたよ。むこうは四人いた。河西組系寺町組のやつらだということだ。そのときの様子をビデオに収めた。計画どおりだ」

「たまげたな……。けがはないのか？」

「あばらにひびが入ったようだ」

「あばらのひびなら、俺たちにとっては日常茶飯事だ。蹴られたのか？」

「銃で撃たれた。三五七マグナムだった」

「な……」

石丸は絶句して仙堂の顔を見た。

「テレビ局が防弾ベストを用意してくれたんだ。だが、ひどいショックだった。撃たれたとたん、何もわからなくなった。気がついたら吹っ飛ばされてひっくりかえっていた。私たちが、全力で蹴るよりもはるかに大きなエネルギーを、あのちっぽけなものが発揮する。銃とはつくづくおそろしいものだと思った」

石丸は信じられないという顔をしている。彼は、言うべきことを思い出したらしく、気を取り直した様子で言った。

「三人が入院して以来、極力、道場生には集団で行動するように指示した。行き帰りも集団でするようにし、そのなかに必ず複数の黒帯が入るようにした」

「さきほど警察にも行ってきました」

仙堂は最高師範に言った。「そちらも、何とか片が付きました。ヤクザたちも、警察の眼があるので、うかつには動けなくなるでしょう」

最高師範は初めて口を開いた。

「それで、指導に出ることには支障はないのだな?」

「ありません。今後は通常どおりにやります」

最高師範はうなずいた。それきり、何も言わなかった。

ビデオ・テープのことにも触れない。

「あの……」

仙堂は言った。「例のビデオは、もう私の手もとにあってもだいじょうぶかと思いますので……」

最高師範は、ややあってから言った。

「いや、今しばらく、私があずかっていよう」

まあ、どちらでもよいことだ、と仙堂は思った。

退出するタイミングだった。それに気づいて石丸が言った。

「では、失礼します」

仙堂は、その言葉を合図に、一礼して部屋を出た。

午後と夜の部の指導を終えて、仙堂はホテルに引き上げた。

海外に指導に出かけることが多いので、ホテル住まいには慣れていた。ビデオが放映されるまで、ホテルにいさせてくれるとテレビ局がいうのだから、断る理由はなかった。

シャワーを浴びて一息ついていると、電話が鳴った。

植村真弓だった。

「警察で、余計なことはしゃべらなかったでしょうね？」

こういうものの言いかたも、気にならなくなっていた。仙堂はこたえた。

「ビデオ放映に支障になるようなことはしゃべっていない」

「微妙な言いかたね」

「モスクワで、ビデオを託されたことは話した」

「何でそんなことを……」

彼女の声には明らかに非難の響きがあった。「ビデオの内容については？　麻薬がらみらしいってことは？」

「心配するな。一切しゃべっていない」

「それであの刑事が納得したの？　信じられないわね……」

「女性としての、あんたのやりかたにいい面はたくさんある。だが、男同士のつきあいにもいい面はある。認めることだな」

「認めたところで、あたしにはどうしようもないわ。男にはなれないんですからね。男社会で男のまねをしようとしても失敗するのがオチだし」

「ま、それはそうだな。それで、番組のほうはどうなった？」

ようね」


「メイン・キャスターに話を通したわ。サハローニンという政治家は、面白い存在の
「ほう……」

「うちのメイン・キャスターは、根っからのジャーナリストだから、世界各国にいろいろなチャンネルを持っているの。サハローニンについてもたちまち調べ出すことができたわ。彼はモスクワ出身で、共産党のエリートだったの」

「共産党解体で失脚したってわけか……」

「ところが、それが今のロシアの複雑なところでね……。一部の共産党系議員は、反エリツィンという路線で、極右勢力と結びつき始めたようなの。そのなかのひとりがサハローニンというわけ」

「共産党と極右が……」

「日本で考えると、ちょっと妙な感じがするでしょう? でも、ロシアではあり得るのよ。旧共産党系の一部の政治家と、極右勢力にとって、今度の十二月の総選挙は、まさに正念場なわけ。サハローニンは、政治資金を得る必要があったのでしょうね」

「それでマフィアを利用した……。日本の保守党みたいだな……」

「そう。旧共産党はロシアの保守党ですからね」

「そうか……。一党独裁。腐敗して不思議はないな。いずこも同じか……」

「サハローニンにしてみれば、エリツィンを倒すためなら、どんな連中とでも手を組みたいという心境なのかもしれないわ」

「ビデオが放映されたら、大スキャンダルになるかもしれない」

「アレクサンドロフが国内で放映できなかったのはそのせいかもしれないわ」

「おたくはだいじょうぶなのか？」

「日本のジャーナリズムは充分に成熟している。少なくとも、あたしはそう信じているわ」

「だといいがな……」

「こんなスクープ、逃がす手はないわ」

「それが本音か。しかし、舌を巻く気分だった」

「何の話？」

「刑法とか刑事訴訟法とか……。ジャーナリストってのはたいしたものだ」

「あたしは大学で法律を学んだのよ。ゼミが刑法だったの」

「それにしても、よくあれだけのことが口をついて出るものだ」

「弁護士になるのが昔の夢でね、よく法廷で検察とやり合うところを想像して楽しんだの」

「あの刑事が言ってたよ」

「あら、悪口かしら？」

「あんたのファンになったって」

「光栄だわね」

「それで放映はいつになるんだ？」

「向井田くんの取材待ちね。もうしばらく待っていただくわ」

「私はただ待つだけでいいのか？」

「番組に関しては、あなたの役割は終わったわ。ヤクザがどこの組かわかったし
……」

「大切なことを言い忘れるところだった。私を襲った連中の名前がわかった。河西組系寺町組の若頭、ホンジョウと、若頭補佐のネヅだと刑事が言っていた」

「ちょっと待って、メモするわ」

しばらく間があった。「わかったわ。組と名前がわかれば、こちらで詳しく調べられる。でも、刑事がしゃべったって本当？」

「本当だ」

「なるほど、男同士の関係ってあなどれないわね」

それから二日後、向井田から電話があった。これからロシアに発《た》つところだと、彼は言った。

ジャーナリストというのはあわただしいものだと思った。仙堂が海外に出るときは、ずいぶん前からあれこれと準備が必要だ。

向井田にはそれほど準備期間はなかった。もっとも、すぐに海外に飛んで行けるようでなければ、ジャーナリストなどつとまらないのかもしれないと仙堂は思った。

その電話以降、テレビ局から連絡がなくなった。

仙堂のほうから植村真弓に電話をかけてみようかと思ったが、彼女は、仙堂の役割は終わったと言っていた。あとは彼女に任せるべきだと考え直した。

仙堂が気にすべきことは他にもあった。

寺町組のことだ。

有明の一件以来、やつらは何も仕掛けてこなかった。

本部道場に電話もない。このところ、仙堂は、ホテルから地下鉄銀座線とJR山手線を使って道場に通っている。

仙堂を尾行しようと思えば不可能ではないから、仙堂が赤坂東急ホテルにいることは知られていても不思議はない。

だがホテルに電話もない。行き帰りの途中接触してもこなかった。

その沈黙が無気味だった。

警察が手入れをして、本庄と根津を逮捕したのかとも考えてみた。しかし、それならば新聞その他で報道されるはずだった。

それらしいニュースは聞かなかったし、新聞で記事を見た覚えもなかった。

そのままの状態で日は過ぎていった。

向井田が、モスクワに発って四日目。午前五時に電話が鳴り、仙堂はベッドから這《は》い出した。

「はい……」

「仙堂さんですか？　向井田です」

「向井田……？」

頭がはっきりせず、なぜこんな時間に電話がきたのかわからなかった。

ややあって、ようやく頭が働き出し、向井田はモスクワにいるのだと気づいた。

「ああ、向井田さんか……。まだ、モスクワなんだろう……」

「ええ、そうです。すいません。こちらは夜の十一時だから、そっちは朝の五時ですか……。とんでもない時間ですね。でも、一刻も早くお知らせしておかなけりゃならないと思って……」

「アントノフとは会えたのか？」

「ええ。会えました。今もいっしょです。彼は、いろいろと動き回ってくれました」

「取材はうまくいってるのか？」

国際電話独特のタイムラグがあり、その間が、何か意味ありげなものに感じられる。

もちろん錯覚でしかない。

「はい。いろいろとわかりました。電話じゃあまり詳しいことを話せないんですが……。トルクメニスタンという国が旧ソ連領にありまして、そこには、野原一面に野生のタンポポが咲いているんです」

「この時間に、タンポポの話はあまり聞きたくないな……」

「現地の人は、野生のタンポポと呼んでいるのですが、実は、それは野生のケシなんです」

「ケシ……」

「マフィアはそれに眼をつけたんです。麻薬の供給源ですよ」

「なるほど……」

「急いでお知らせしたかったのはそのことじゃないんです。マフィアは日本のヤクザと密に連絡を取り合っていたようです。今夜、もと軍人のルートからアントノフのところにある知らせが入りました。マフィアが、殺し屋を雇って日本に送り込んだというのです」

「殺し屋……」

「今、ロシアでは、軍隊経験者の多くが職にあぶれています。その殺し屋もそのひとりで、かつては、暗殺のプロだったとアントノフは言っています。あ、ちょっと待ってください。アントノフと代わります」

「ハロー」

アントノフの声だった。

仙堂は英語に切り替えた。

「アントノフ。いろいろとすまんな……」

「いいえ、センセイ仙堂。それより、気をつけてください。殺し屋のターゲットはおそらくセンセイ仙堂です」

「確実な情報なのか？」

「殺し屋がマフィアに雇われて日本に向かったというのは確実です。その男は日本の空手マンを殺しに行くのだと言っていたそうです。彼は元ズペツナズです。私に情報をくれた男も元スペツナズでした」

「スペツナズ……？」

「特殊部隊《スペシャル・フォース》です。殺しの専門家です。どんな武器も使えるし、どんな方法でも人を殺せます。もちろん格闘技にも長《た》けています。センセイ仙堂。相手はプロです。注意してください」

「わかった。ありがとう、アントノフ。向井田さんに代わってくれるか？」

向井田が電話に出た。

「僕は、明日一日、駆けずり回って、できるだけのことをかき集めて、明後日、こちらを発ちます。くれぐれも身辺に気をつけてください」

「君もだ」

仙堂は言った。「いろいろ嗅《か》ぎ回っていることをマフィアが知ったら放ってはおかないかもしれない。無事帰ってくれなければ困る」

「実は、モスクワにいる間、アントノフを正式にボディーガードとして雇ったんです」

「そいつはいい。だが、用心するんだ」

「わかっています。では、日本で……」

電話が切れた。

眠気はすっかり吹き飛んでいた。

寺町組をはじめとする河西組系列のヤクザがぴたりと動きを止めたのは、ロシアから来る殺し屋が関係しているような気がした。

寺町組は本家から、ビデオ・テープを取り返すように命じられた。

だが、寺町組はことごとく失敗した。それればかりか、警察に動きを知られるはめになった。寺町組の動きが不自由になる。同時に、警察は他の河西組系の組織にも眼を光らせているはずだ。

河西組はしかも本拠地が関西なので、本家が東京で動き回るといろいろと問題が生じる。稼業の約束事も少なからずあるはずだ。

つまり、相互不可侵条約のようなものだ。

本家はマフィアに相談し、マフィアに下駄をあずけた。あるいは、マフィアが、ロシアに端を発した不祥事は自分たちで片を付けると主張したのかもしれない。

そうであっても、河西組には異存はないはずだった。渡りに舟の話だ。

マフィアと河西組の間のやりとりは想像上のことでしかない。しかし、スペッツナズ出身の殺し屋がやってくるのは事実なのだ。

仙堂はアントノフの珍しく逼迫《ひっぱく》した口調を思い出していた。銃撃戦のなかでも余裕を見せていたアントノフだ。

その彼があれだけ慌てるのだからただごとではない。

少なくとも寺町組の本庄よりはやっかいな相手なはずだ。

のだ。

だが、仙堂はスペッナズと聞いても、まったくぴんとこなかった。どんな連中なのか想像もできなかった。

戦闘のプロであることはわかる。だが、それならばアントノフだって戦闘のプロな

射撃訓練のとき、アントノフは、ショットガンを片手で撃って見せ、仙堂を驚かせた。肩にしっかり当てても、ショットガンの反動はすさまじい。

スペツナズは、そんなアントノフをもはるかにしのぐ連中なのだ。

仙堂は、薄田のことを思い出した。防弾ベストをグアムから買ってくるほどの銃器マニアの友人がいるといっていた。

その友人ならスペツナズのことを多少なりとも知っていると思ったのだ。

まだ早朝なので連絡が取れない。朝九時の局の始業時間を待って電話し、薄田に連絡をくれるようにとの伝言を頼むことにした。

薄田から、午前十一時過ぎに電話が来た。スペツナズのことを、銃マニアの友人に訊《き》いてくれないかと頼んだ。

薄田はいったん電話を切り、三十分後にまたかけてきた。

「友だちはやっぱり知っていましたよ。その世界では有名な連中だったらしいですね。ついでなんで、資料室でいろいろと調べてきました」

「すまないな」

薄田が調べたところによると、スペツナズというのは、正式には「スペツィアルノイエ・ナズラニー」つまり特殊任務部隊といい、かつてのソ連参謀本部諜報部に所属する特殊部隊だ。

ソ連参謀本部諜報部というのは一般にはGRUという名称で知られていた。

時には「陽動部隊」と呼ばれ、主な任務は、敵国政府・軍部要人の暗殺および核基地や指揮センター、軍事目標や発電所などの重要民間目標を襲撃することだ。

平時に三万人の兵力があったといわれ、陸海軍双方の作戦に参加した。

装備は、AKS74自動小銃、弾薬三百から四百、P6消音器付き拳銃かまたはPRI自動拳銃、コンバット・ナイフ、手榴弾六発、そして、グレネード・ランチャーだ。

もちろん、そんな装備で殺し屋が日本に乗り込んでくるはずはない。だがこういう情報もおろそかにはできない。敵が通常、どんな武器を使うか知っておくのは、どんな場合でも必要だ。

おそろしいのは、格闘訓練の内容だった。スペツナズの訓練の相手には、収容所の囚人が当てられた。

相手がけがをしようが死のうが問題にならないためだったという。

薄田は、最後にスペツナズ・ナイフのことを教えてくれた。特殊なナイフで、グリップのボタンを押すと、強力なバネで刃が飛び出すのだという。

仙堂は、薄田に、もう一度防弾ベストを貸りられないかと尋ねた。

「いったい何事なんです？」

さすがに薄田は気になったようで理由を尋ねた。

「モスクワから連絡があってね。もとスペツナズの殺し屋が日本に送り込まれたそうだ」

「つまり、仙堂さんを狙《ねら》って……？」

「そう思って備えをしておいて損はない」

「すぐに防弾ベスト、持っていきます」

## 16

薄田は、本当に十分とたたずにやってきた。

だが、仙堂がもっと驚いたのは、彼が、カメラマン、ＡＤ、そして植村真弓を伴っていたことだった。

「防弾ベストと、防刃アンダーシャツを持ってきました。まだ友人に返さずに、局に置いてあってよかった」

「すまんな。だが、防弾ベストを運ぶのにこれほどの人数が必要とは思えないな。こいつはそんなに重くない」

植村真弓は言った。

「珍しいわね、あなたがそんな軽口を叩《たた》くなんて……。緊張してるの？」

「そうかもしれんな。不安な人間は口数が多くなる」

「ヤクザとあれだけのことをやってのけたあなたが……？」

「ヤクザは軍隊の訓練を受けているわけじゃない」

「とにかく、スペツナズ出身の殺し屋なんてまたとない映像だわ」

仙堂はかぶりを振った。

「だめだ。今度は危険すぎる。相手はプロ中のプロなんだ」

「でも、相手はひとりでしょ？　考えようによっては組織をバックに持つヤクザより楽なはずだわ」

「そのひとりが問題なんだ。スペツナズというのは課報部の部隊だ。課報戦にも長《た》けているし、戦士としても一流だそうだ。そこにいる薄田さんが調べてくれた」

薄田はうなずいた。

「『レッド・スコルピオン』という映画、覚えてますか？」

彼は植村真弓に言った。

「ドルフ・ラングレンの？」

「そう。あれがスペツナズと考えればいい」

「あの映画はハリウッドが作り出した幻想かもしれないわ。とにかく、『レッド・スコルピオン』だとしたら、その映像を撮らない手はないわ」

仙堂は、ふといやな予感がした。

「やつはもう来ているかもしれない」

仙堂は言った。植村真弓は尋ねた。

「日本に？」

「いや、このホテルに」

「どういうこと？」

「寺町組は地の利がある。殺し屋に協力すると考えたほうがいい。彼らは、私がここにいることをつきとめられるはずだ。私は気づかなかったが、尾行されていてもおかしくはない。そして、寺町組が殺し屋に私の居場所を教える……」

薄田が言った。

「あるいは、殺し屋本人が、道場で待ち受けていて、仙堂さんを尾行することもあり得る。彼は、計画を立てるために仙堂さんの行動をチェックしているかもしれない……」

「スパイ映画の見過ぎじゃないの？」

薄田は首を振った。

「事実は映画なんかを超えることもあるんですよ。日本人にはぴんとこないけど、旧ソ連では尾行や盗聴は珍しいことじゃない」

植村真弓は仙堂を見た。

「このホテルにいたら、どうだというの？」

「私の部屋に来たあんたたちの顔も知られたかもしれない」

「それで……」

「あんたたちの身も安全とは言い切れないということだ。まさか首をそろえてやってくるとは思わなかった……」

植村真弓は不機嫌そうに言った。

「あなたは神経質になっているのよ」

「そうだ」

仙堂は、つい声を荒らげてしまった。「だが神経質なくらいでなければ生きのびられないんだ。私は、あんたたちを人質に取られたら助け出す自信はない。ビデオ・テープを渡せと言われたら渡すしかない。そして、テープも取られ、命も取られるというわけだ。あんたは自分の失態を認めたくないのだろうが、この際、私の言うことを真剣に受けとめるべきだ。そうじゃないか？」

植村真弓はしばらく黙っていた。

彼女はおだやかな口調で言った。

「あなたの心配はわかるわ。確かに、何の注意も払わずにここへやってきたのはうかつだった。反省するわ。でもね、マフィアと河西組がどれほど反社会的なことをやるか、視聴者に映像で知らせる必要があるの。それが一番説得力があるのよ。危険だからって、どこかに隠れているのはジャーナリストのすることじゃないわ」

仙堂は植村真弓の真剣な眼差《まなざ》しを見つめていた。

確かに彼女は真剣だった。面白半分に派手なアクション・シーンを撮影しようとしているわけではない。

仙堂にはそれがわかった。だが、素直に認める気になれなかった。

仙堂は薄田に尋ねた。

「あんたも同じ意見か？」

薄田は肩をすぼめた。

「年間、何人ものジャーナリストが、世界各国の紛争地帯で死んでいます。死ぬジャーナリストの多くはフリーの人間です。彼らは確かに一発狙《ねら》いのヤマ師かもしれない。

でも、多くのスクープや貴重な映像はそのフリーのジャーナリストによって提供されているのです」

「つまり、ジャーナリストというのは、もともと危険な職業だといいたいのか？」

「まあ、そういうことですね。危険に対する心構えもできているつもりです」

仙堂はまた考え込んだ。

植村真弓は、仙堂が話し出すのを待って黙っている。

やがて仙堂は言った。

「私はたぶん自分自身を守るのが精一杯だ。あんたたちまで守ってやる自信はない。それでいいんだな？」

植村真弓はうなずいた。

「もちろんよ。あたしたちはあたしたちの仕事をするだけ」

「わかった。私が口出しする筋合いではないようだ」

「薄田くんたちには、またこのホテルに泊まってあなたに張り付いてもらうわ」

仙堂はうなずいた。

植村真弓は薄田たちに言った。

「あたしは局に戻るわ。あとはよろしくね」

薄田が言った。

「じゃあ、僕たちも部屋に行きます。仙堂さん。今日の予定は？」

「本部道場に行こうかと思ったが、どうやら用心して、ここにいたほうがよさそうだ」

「わかりました」

テレビ局の連中が出て行くと、仙堂は、防弾ベストと防刃アンダーシャツを手に取った。

相手が殺しのプロとなると、防弾ベストを着ていても心もとない気がした。暗殺のプロならば、胴体は狙わないだろう。

仙堂も相手を殺そうと思ったら、首から上に攻撃を集中する。

特に素手で相手を殺そうと思ったらそれ以外に方法はない。喉を絞めるか頸椎《けいつい》――つまり首の骨を折るのが最も手っ取り早い。

喉には気管だけでなく頸動脈が通っている。喉を絞めることで、呼吸を止め、同時に頸動脈の血流を絶つ。

すると相手は意識を失い、やがて死ぬ。柔道の絞め技で「落ちる」というのは、この頸動脈の血流がストップして脳が貧血を起こした状態なのだ。

ただ、これには時間がかかる。

一撃で殺そうと思ったら、横向きに倒しておいて、耳の下を踏みつければいい。テコの応用で頸椎が折れる。

相手の動きを止めるにもやはり首から上を狙うのが最も効率がいい。特に顔面には眼という人間が最も頼りにしているセンサーがついている。

眼をつぶし、耳を封じれば、人間はまったく自由を失う。

防弾ベストでも、顔面や頭部はカバーできないのだ。

急に右胸の傷が痛み始めたような気がした。

彼は道場で整体に使う粘着テープをひびの入った肋骨《ろっこつ》に沿って貼りつけていた。日常の生活にはそれで充分だった。

空手家にとってあばらを痛めるのは珍しいことではない。彼は気にもしていなかった。

だが、プロのテロリストが自分を狙っているかもしれないと思うと、急にそのけがが気になり始めていた。

彼は、ふと気づいてカーテンを閉めた。それだけで狙撃される危険はずいぶんと少なくなると、何かで読んだのを思い出した。

服を脱ぎ捨てると、洗面所へ行った。道場から胸の手当てのために粘着テープを一巻き持ってきていた。

タオルを胸に巻き、その上からぐるぐると粘着テープを巻きつけた。本来なら、胸をがっちりと固めてしまうのはよくない。

だから、外科でも最近は肋骨骨折の治療でテープを貼るだけというところが多い。

だが今は緊急事態だった。

仙堂は締め過ぎないように注意した。きつく締めてしまうと運動能力が落ちる。彼はベッドの脇に戻り、防刃アンダーシャツを着た。

その上に、ダンガリーのシャツを着て、防弾ベストを着る。

身じたくを整えると、多少気分が落ち着いた。

彼は考えた。結着をどうつけるかが問題だった。

ビデオがテレビで放映されようと、テロリストは仙堂を狙い続けるだろう。殺すことが仕事だからだ。

いつまでも隠れていたり、逃げ回っているわけにはいかない。殺しの依頼を何とか取り消させる必要があった。

その方法は思いつかない。

警察に逮捕してもらうという方法もある。だが、警察は、当たりまえのことだが犯罪者しか逮捕しない。

テロリストは、仙堂に出会って殺そうとするまで犯罪者ではない。彼が殺しを請け負ったという証拠もなければ、相手の人相風体もわからない。これでは警察もどうしようもない。

残る方法は、仙堂の思いつく限りひとつだった。

テロリストと戦って倒すのだ。

だが、それにも問題はあった。分のある勝負とは思えないのだ。

昼食どきとなったが、まったく食欲がなかった。仙堂にしてはたいへん珍しいことだった。

仙堂は最低限のエネルギー源だけは確保しようと思い、ルームサービスでサンドイッチを頼んだ。

サンドイッチを無理やり腹に押し込んでいると電話が鳴った。

仙堂は本部道場からかもしれないと思った。いつもならもう道場に顔を出している時刻だ。

仙堂は受話器を取った。

「仙堂さんかい？」

相手が言った。仙堂はきつく受話器を握り締めていた。

さらに相手が言った。

「俺が誰かわかるか？」

仙堂はこたえた。

「寺町組の若頭だ。名前はホンジョウといったか……」

「いろいろと世話になったな。あんたのアパートと有明……。二回もだ」

「わざわざ礼を言うために電話をしてきたのか？」

「いや、あんたのお友だちが会いたがっているのでね……。いちおう知らせておこうと思ってな」

仙堂は緊張のために後頭部がしびれるような気がした。

「何の話だ？」

「美人キャスターが俺たちといっしょにいる。あんたがくるまで、彼女と遊んでやってもいいな……」

恐れていたことが現実になったと気づいた。植村真弓が誘拐されたのだ。

誘拐を実行したのはロシアから来たテロリストではなく、寺町組の連中だった。

「彼女に手を出すな……」

「彼女に手を出すな、か……。美人キャスターをレイプする裏ビデオがありゃ、大きな財源になるな……」

「そんなことをすれば、おまえたちは終わりだ。彼女は泣き寝入りするような女じゃない」

「だが、大きな傷が残るな……。テレビの仕事をするのは辛《つら》いだろうぜ。スキャンダルになるだろうからな……。それに、あんまり騒ぐようなら殺しちまってもいい。そういう裏ビデオを喜ぶ特別な客もいる」

「ばかな……」

「俺は本気だよ。俺たちが本気になったら何でもできることを思い知るんだな。さあ、早く助けに来いよ。じゃないと、この女をシャブ漬けにして、自分から腰を振るようになるまでかわいがってやるぜ」

「どこへ行けばいいんだ？」

「弁天町にキックボクシングのジムがある。早稲田通りに面したマンションの一階にあるからすぐわかる。そこに来い。ビデオ・テープを持ってな……」

「ビデオ・テープは今ここにはない」

「知るか。急げよ」

電話が切れた。

彼らは、仕事をいっそう確実なものにしようとしたのだ。土地鑑のないロシアのテロリストに付け狙わせるよりも、仙堂をおびき寄せたほうがいいと判断したのだろう。おそらく、キックボクシングのジムで、テロリストが待ち受けているはずだ。

「はい……」

仙堂はフロントに薄田の部屋番号を訊《き》いてすぐに電話した。

「仙堂だ。植村さんが誘拐された。おそらくこのホテルを出て局に向かうところをさらわれたんだ。恐れていたことが現実になった」

「テロリストですか?」

「さらったのは寺町組の連中だ」

「こんな白昼に……」

「連中ならやってのけるさ。そういうことの専門家だからな」

「どうします?」

「ビデオ・テープを持って指定された場所に向かう。すぐにだ」

「わかりました」

薄田のパジェロでまず新大久保の本部道場へ行った。幸い、指定場所の新宿区弁天町は本部道場からは目と鼻の先だ。

本部に着くと、仙堂は最高師範の部屋へ行った。

「何だ血相を変えて……」

最高師範は言った。

「先生、おあずけしていたテープを出してください」

「何事だ？」

「テープが必要になったのです」

最高師範はじっと射抜くような眼で仙堂を見ていた。やがて、脇の金庫を開け、ビデオ・カセットを取り出した。

仙堂は手を出した。すると最高師範はさっとカセットを引っ込めた。

仙堂は苛立《いらだ》った表情で最高師範の顔を見た。最高師範の厳しい表情にはっとした。

最高師範は言った。

「何があったかはもう訊かん。何をしようとしているのかも訊かん。だが、今のおまえには何もできん」

「は……？」

「武術の修行は非常のときのためではないのか。非常時にうろたえていて何ができる」

仙堂は、自分がいかに度を失っていたか、ようやく気づいた。

「非常のときにこそ頭を使わねばならん。私は言ったはずだ。頭を使え、と」

「おっしゃるとおりです」

仙堂は言った。「面目ありません」

「一か八かで死んでもいいなどと考えていたのではあるまいな」

仙堂は何も言わなかった。

「愚かな……。何のための武術修行だ？　どんなときも生きるための術《すべ》を考えろ。そうでなければぎりぎりのときに生き残ることなどできん」

「はい」

「言うことはそれだけだ」

最高師範は再びビデオ・テープを差し出した。仙堂はそれを受けとった。

一礼して部屋を出た。

（そうだ）

彼は思った。（私は死ぬわけにはいかないんだ）

パジェロは新宿区弁天町に向かった。

ハンドルを握る薄田が言った。

「それにしても、どうしてキックボクシングのジムなのでしょうね」

仙堂は最高師範の一言のおかげで、今ではずいぶんと落ち着いていた。

「寺町組が経営に関与しているのかもしれない。格闘技の団体と暴力団は関係を持ちやすい。興行の問題などでな……。それに、ジムは夕刻から開くところが多い。この時間は無人で都合がよかったのだろう」

「みすみす罠《わな》に飛び込むのですか？」

「それしか手はない」

「警察に知らせたほうがいいんじゃないですか？」

仙堂はうなずいた。

「牛込署の増井という刑事に連絡して事情を説明するんだ。それ以外の人間には一言もしゃべっちゃいけない」

「いつ連絡すればいいんです？」

「私が彼らと会ったと判断したらだ。ジムに入って五分以上出てこなかったら、彼らと接触したと考えていい」

「わかりました」

パジェロは早稲田通りに出た。狭い早稲田通りに、黒塗りのリンカーンが路上駐車しているのが見える。

その脇にはキックボクシング・ジムの看板が見える。

「あれだ」

薄田が言った。

「念のため行き過ぎて、どこかの角を曲がったところで降ろしてくれ。見張りがいるかもしれない」

「はい」

ジムは三枚のシャッターで閉ざされていたが、そのうち一枚が半分ほど開いていた。

薄田は、ジムのまえを通り過ぎ、路地に入ったところで車を停《と》めた。

仙堂は車を降り、ジムに向かった。

## 17

半開きのシャッターをくぐると、すぐ脇に人の気配がした。

仙堂は眼だけ動かして、そちらを見た。いつも本庄といっしょにいる背広姿の若者がいた。

彼は、仙堂が入ってくるとすぐにシャッターを閉めた。

ジムのなかは暗かったが、すぐに明かりが点《とも》った。

本庄が立っていた。彼はまだ右手にギプスをしている。彼の眼は赤く濁り、怒りのためにぎらぎらと光って見えた。

彼のほかにもうひとりいたが、それも格下の若者だった。

仙堂は、植村真弓の姿を探した。

「彼女はどこだ？」

仙堂は本庄に言った。

「彼女？　何のことだ？」

「植村真弓だ」

「誰だ、そりゃ……」

「『ニュース・アンカー』のキャスターだ」

「なら、テレビ局にいるんだろう？」

「ふざけるな！」

そう言ってから仙堂は気づいた。

彼女がどこにいるか一度も確認しなかった。本庄は電話で、彼女がいっしょだと言っただけだ。彼女を電話に出したわけではない。

仙堂は自分の愚かさを呪《のろ》った。

本庄は、口惜しがる仙堂の表情を見て、愉快そうに言った。

「こんなに簡単にひっかかるとは思わなかったぜ」

仙堂は身構えた。

「おっと、動くなよ」

本庄は左手で拳銃を取り出した。

だが、仙堂は、本庄が仙堂のほうに銃口を向け終えるまで待っていなかった。

一歩、助走するだけで、仙堂は高々と跳躍した。

本庄は、慌てて銃口を上に向けようとした。彼は引き金を引いていた。

だが、初弾がまだ薬室に入っていなかったし、ハーフコックで安全装置がかかった状態だった。

本庄は、銃を持ち歩いているが精通しているわけではないようだった。また、本庄は仙堂がこれほど急激な行動に出るとは思っていなかったのだ。

仙堂は、そのまま袈裟《けさ》蹴りを本庄の胸に見舞った。袈裟蹴りとは飛び足刀だ。胸が痛んだがまったく気にならなかった。

仙堂は、本庄の胸を蹴った反動で体勢を立て直して着地した。

本庄は、そのまま後方に弾き飛ばされていた。飛び蹴りをもろに胸に受けたのだからたまらない。

本庄はひっくりかえり、さらに後方に回転した。

仙堂は、うめいている本庄に近づいた。その左手の手首を踏みつける。手が開いてトカレフ自動拳銃が床に転がった。

仙堂はそれを拾い上げた。

遊底《スライド》を引き、初弾を薬室に送り込んだ。

背後で人の動く気配がした。ふたりの若者のどちらかだと思った。

「動くなよ」

仙堂は、トカレフの銃口を倒れている本庄に向けて言った。「へたに動くと、若頭の命がないぞ」

それで背後にいる人物の動きを封じられると思ったのだ。

だが、その動きは止まらなかった。

仙堂は反射的に後ろ蹴りを出した。

踵《かかと》が空を切る。それだけでなく、下から足の甲のあたりをすくわれる感じがした。

仙堂は、その感触だけで足をつかまれると思った。膝《ひざ》をすぐさまたたみ、足を引いた。

仙堂は、振り向きざまトカレフを向けた。

そのトカレフがすさまじい力で叩《たた》き落とされた。腕が斜め下方に振られる。

その角度だと、トカレフが暴発しても背後にいた人間には当たらない。よく計算された打撃だった。

次の瞬間、その腕を固められた。

相手は巨漢だった。一九〇センチ近くある。スラブ人の特徴である砂色の髪をしている。

彼は背を向ける恰好《かっこう》で自分の脇に仙堂の腕をかかえ、肘《ひじ》を決めていた。

激痛が走った。このままでは肘を折られる、と仙堂は思った。

仙堂は左手を伸ばした。

相手は背が高かったが、何とか頭に左手がとどいた。髪を鷲《わし》づかみにする。

ぐいと頭を引きつけながら、相手の後頭部に頭突きを見舞った。

頭突きは、どんなときでも確実に威力を発揮してくれる。

相手の決めがゆるんだ。

仙堂は相手の腰のあたりを蹴りやりながら右腕を引き抜いた。

巨漢は、よろよろと前方につんのめってから頭を振り、こちらを向いた。

仙堂はその冷たい眼にぞっとする思いだった。

彼は背広を着ていたが、たくましく鍛えられた体格であることが見て取れた。首は、頭と同じくらいの太さがあるように見える。

冷やかな灰色の眼に、薄い冷酷そうな唇。この男が、元スペツナズの殺し屋に間違いなかった。

仙堂は、相手に頭突きのダメージが残っていると見て取った。

このチャンスを逃がしたら、生き延びることはできないかもしれないと思った。

仙堂は、滑るように足を運びするすると近づいた。

ぎりぎりの距離で相手の反応を待つ。

ロシア人は、見事なロングフックを飛ばしてきた。

仙堂は完全にそれに合わせた。ロングフックをかいくぐるように、順突きを相手の顔面に見舞う。

その一発で、相手はひるむはずだった。

一瞬、相手の動きを止めればそれでいい。あとは反撃する間もなく一気にたたみかけて片をつける。

仙堂のいつものやりかただった。

だが、最初の一撃がかわされた。完全なカウンターのタイミングで、かわすことは不可能なはずだった。

だが、ロシア人は、スリッピングして、ぎりぎりで仙堂の順突きをかわしていた。

頬《ほお》にかすっていたが、まったくダメージはない。

すばらしい動体視力だった。

順突きをかわすと、ロシア人が体を小さくたたみ、仙堂の懐に入っていた。

ボディーブローを打ち込む体勢だ。仙堂はすかさず膝で蹴り上げた。膝がパンチのブロックになるはずだし、うまくすれば相手の鳩尾《みぞおち》を突けるはずだった。

膝を上げたとたん、軸足を払われた。たまらず仙堂はひっくりかえっていた。咄嗟《とっさ》に受け身を取らないと、床に頭を打ちつけるところだった。

投げや崩しがうまい相手に対し、蹴り技を使うのはこれくらい危険なのだ。元スペツナズの殺し屋は、仙堂が倒れたと見ると、迷わず首を両手で決めにきた。両手が首にかかってしまったら、万にひとつも助からない。

仙堂は、四指を伸ばして、相手の顔面に突き出した。目を狙《ねら》ったのだ。ほぼ同時に、下から股間《こかん》を蹴り上げていた。

指はかわされたが、蹴りは当たった。だが殺し屋は用心深く、金的をカバーしていたので、蹴りは相手の膝に当たったに過ぎなかった。

それでも決定的な一瞬は回避できた。

仙堂は横に転がって起き上がった。身構えたとき、本庄の声がした。

「いい戦いだ……」

仙堂は元スペツナズの殺し屋を警戒しつつ、本庄のほうを盗み見た。

本庄はいつの間にかトカレフを拾い、それを仙堂に向けていた。

本庄は言った。

「どうせなら、リングの上でやってくれ」

「何だと……？」

「せっかくリングがあるんだ。その上で死ぬまで戦うんだ。もっとも、一分ももつまいがな……」

本庄は、楽しんでいた。仙堂を見せものにすることで、精神的にいたぶっているのだ。

仙堂は動かなかった。リングの上に上がれば体格と筋力のある者が圧倒的に有利だ。リングで行うスポーツの多くが体重制を採用しているのはそのためだ。

元スペツナズの殺し屋は、おそろしいファイターだ。どの攻撃、どの反応を取ってみても一流だ。これはすさまじい訓練を積んだことを意味している。リングに上がったら、仙堂には勝ち目はないかもしれなかった。

実戦的な武術は身のまわりのあらゆるものを利用する。リング上の格闘技とは相容《あいい》れない部分がどうしてもある。

「さあ、行くんだよ」

本庄は命じた。

仙堂は、リングのほうに歩き始めた。

元スペツナズの殺し屋は不審そうに本庄を見た。

本庄は日本語で言った。

「リングの上で、あいつを殺《や》るんだ。ショウタイムだよ！」

本庄がリングを指差すと、殺し屋は理解したらしく、リングに近づいた。だが、そのとき、仙堂は、確かに彼の眼に悲しみのようなものを見た気がした。殺し屋は、誇りを傷つけられたのだと仙堂は悟った。自分の技術が見せ物にされるような気がしたに違いない。

本庄もじりじりとリングのほうに寄ってくる。ふたりの若い衆も、リングを見つめている。

「早くしろ！」

本庄に言われ、仙堂はまずエプロンに上がった。

彼は、ロープに手をかけると、その下をぐるような素振りで一歩踏み出した。

そのとき、仙堂から見て殺し屋と本庄の体が重なって見えた。本庄は油断をしている。

仙堂は、まずロープにもたれて反動をつけた。二度三度と揺らしたと思うと、急に大きく反動をつけてエプロンから飛んだ。

仙堂の体は、元スペッツナズの巨体に激突していた。

殺し屋は、虚を衝《つ》かれたが、それでも仙堂を受け止めようとした。

しかし、全体重を思いきり浴びせた体当たりは強烈だった。

殺し屋は後方に弾き飛ばされ、本庄にぶつかった。

仙堂は着地していた。

その一瞬の混乱を今度こそ逃がすまいと思った。

仙堂はまず、殺し屋の膝を正面から蹴った。革靴の爪先《つまさき》をうまく利用していた。

殺し屋は大きく息を吐いた。悲鳴を出さぬよう訓練されているようだ。

膝の皿を蹴られた痛みは独特だ。それでも彼は感情を完全に抑制していた。猛訓練に耐えられる精神の強さが、そうしたコントロールを可能にする。仙堂は、この殺し屋が、立場を超えて、尊敬にあたいする男だと思った。殺し屋はよろよろと前に出てきた。

仙堂はその顎《あご》に拳を突き上げた。痛烈な一撃だった。

本庄は床に倒れていた。一九〇センチの巨体が突然のしかかるようにぶつかってきたのだから耐えようがなかった。

仙堂は、いきなり、本庄の左手首を踏みつけて砕いた。本庄は両方の手首を仙堂に砕かれたことになる。

トカレフが再び転げ落ちる。仙堂はその銃を、人のいないほうへ蹴りやった。

本庄は悲鳴を上げてのたうち回っている。関節を砕かれる痛みに耐えられる者は滅多にいない。

仙堂は本庄の頭をサッカーボールのように蹴って眠らせた。

仙堂がはっと気づくと、殺し屋が足を引きずりながら飛びかかってくるところだった。

彼につかまったら、おそらく助からない。元スペツナズだったら、関節技、投げ技、絞め技、何でも知っているだろう。それに長《た》けているに違いない。

仙堂はもうあわてなかった。

相手につかまるような振りをして誘っておき、さきほど蹴った膝をもう一度踵で蹴り降ろした。

今度ははっきりと膝が折れるのがわかった。

ゆっくりと殺し屋は崩れていく。

それでも悲鳴を上げないのはさすがだった。

仙堂は、殺し屋が崩れ落ち倒れていくまでの間に、雨あられと突き蹴りを見舞っていた。

どこに何発食らわせたか覚えていない。倒れたとき、殺し屋の顔面は血に染まっていた。

殺し屋は眠った。

仙堂は不思議な感じがした。やってみると意外とあっけない気がしたのだ。

彼は自分が幻想を作り、それにおびえていたのかもしれないと思った。無我夢中で戦えば、同じ人間なのだからそれほど違うものではないのかもしれない。

殺し屋が銃やナイフを使おうとしなかったことも不思議だった。

そのときアントノフが言っていたことを思い出した。

彼は、空手マンを殺しに行くと、身近な者に洩らしていたらしい。本人の問題ではなく、政治体制の変化によって軍人としての職を失い、誇りも失った彼は、素手で仙堂を倒すことで存在証明をしたかったのかもしれない——仙堂はそんな気がした。

突然、シャッターを叩く音が聞こえた。

「ここを開けろ。警察だ」

仙堂は、それが増井の声だと気づいた。増井はさらに言った。

「植村さんはテレビ局にいた。誘拐など狂言だ。仙堂、聞こえてるか？」

仙堂は、戸口近くに立っているふたりの若い衆を見た。彼らは動けずにいた。戦いの迫力に圧倒されているようだった。

仙堂は彼らに言った。

「開けてやれよ」

ふたりは言われたとおりにした。シャッターを半分ほど持ち上げる。

すると、増井と別の刑事、そして制服を着た警官が飛び込んできた。彼らは銃を手にしていた。

増井はぴたりと立ち止まった。

なかの様子を見て一言、彼はつぶやいた。

「何でえ、こりゃ……」

続いて薄田がなかをのぞき込み、あわててカメラマンを呼んだ。カメラマンはすぐさまカメラを回し始めた。

「こら」

増井が言った。「誰が撮影していいと言った?」

「知らせたのは僕らですよ。いいでしょ。知る権利ですよ」

薄田は平然と言った。

増井は憤然とした表情をして見せた。

「もっとひかえめにやってくれ」

仙堂はいつしか、ベンチプレス用の台に、すわり込んで、そのやりとりを眺めていた。

## 18

「どうでした、あのオンエア」

　向井田が言った。

　例のビデオは、前日放送されていた。

　ドキュメンタリー・タッチにまとめられており、なかなか迫力があった。

　仙堂はこたえた。

「自分の顔にモザイクがかかっているというのは変なもんだな……」

「今日一日局はてんてこ舞いでした。海外の通信社やロシアのマスコミから問い合わせが入って……。日本に駐在しているロシアの記者なんかが本国に知らせたんです」

「ロシアではもっと大騒ぎだろうな……」

「どうでしょうね。あの、何があっても驚かず、じっと耐え続ける国民性……」

「そうだな……。たくましい連中だ。どう受け止めるかは彼ら次第だな……」

「アントノフには連絡したのですか?」

「した。私はもう一度モスクワへ行ってみようと思う。アレクサンドロフの墓に報告しないとな……」

ややあって、植村真弓がやってきた。

彼らは青山のカウンター・バーで待ち合わせていたのだ。

「あたしも約束を果たした。仙堂さんもロシア人との約束を果たした」

植村真弓が言った。「乾杯しましょ」

彼らは、彼女の音頭でグラスを合わせた。

「もうひとりが遅いわね」

植村真弓が言ったとき、戸口に増井が現れた。

「あら、来たきた。噂をすれば、ね……」

「青山なんて縁がねえからよ」

増井は言った。「迷っちまって参ったよ……」

仙堂は増井に言った。

「飲むだろう」

「そのまえに仕事だ」

増井は言った。「約束どおり、すべて話してもらおう」

「ゆうべのオンエア、見なかったの？」

植村真弓が尋ねた。

「見た。ビデオにも録《と》った。だが、仙堂さん、あんたの口からすべて聞きたい」

「いいとも」

仙堂は、洗いざらいしゃべった。

増井はじっと聞いていた。

仙堂が話し終わると、増井は言った。

「そのビデオ、貸してくれるだろうな」

「ビデオに録画したんじゃないのか？」

植村真弓が言った。

「コピーや複製には証拠能力がないのよ」

増井は植村を見た。

「報道の自由を楯《たて》に、ビデオ・テープは渡せないというんじゃないだろうな」

「完パケ・ビデオはもちろん渡せないわ」

完パケというのは、オンエア用の編集済みビデオのことだ。「でも、仙堂さんが持っているテープは局のものじゃないわ」

仙堂は、ビデオを増井に渡した。

「無駄にしないでくれ」

「もちろんだ。すぐに河西組に対する麻薬捜査が始まる。さあ、これで酒が飲めるぞ」

増井はウイスキーの水割りを注文した。

「もう一度乾杯をしましょう」

植村真弓が言った。仙堂が尋ねた。

「今度は何に？」

「ロシアのジャーナリストに」

仙堂はうなずいた。

「アレクサンドロフに」

四人はグラスを合わせた。

一九九三年十一月。ヨーロッパは記録的な寒波に見舞われ、モスクワもその影響を受けていた。

仙堂が再びモスクワを訪れたときは、氷点下十五度という、現地の人も驚く寒さだった。だが、ナハーロフやアントノフといった連中があたたかく迎えてくれた。

サハローニンは失脚したが、ロシアでは、ジリノフスキーという人物を中心に極右勢力が台頭しつつあると彼らは教えてくれた。

アレクサンドロフの墓は除雪してあるにもかかわらず、十字架の下半分が雪に埋まっていた。

仙堂は、その墓のまえに立って言った。

「約束は果たした」

彼は、赤いバラの花束を、墓標のまえにそっと置いた。

# 解説

向山明生
（ＴＢＳテレビ　元報道局「ＮＥＷＳ23」編集長）

私は、この『赤い密約』の題材となった１９９３年10月のモスクワ騒乱事件のころをはさんだ5年半、赤坂のテレビ局（ＴＢＳ）のニュース番組『筑紫哲也ＮＥＷＳ23』で、ディレクターをしていた向井田ならぬ向山《むかいやま》です。のちに編集長も2年務めました。

『赤い密約』は１９９４年4月に『拳と硝煙』というタイトルで刊行されたフィクション小説だが、舞台として、その半年くらい前の93年にロシアで実際に起きた「10月政変」または「モスクワ騒乱事件」と呼ばれる政治危機を扱い、オスタンキノテレビ局の占拠事件を発端に物語が展開されていく。この事件は、ロシアの新憲法制定をめぐって当時のエリツィン大統領とロシア連邦最高会議議長が激しく対立し、議会派が政権奪取をめざして、通称ホワイトハウス（ベールイ・ドーム）と呼ばれた最高会議ビルに立てこもる。鎮圧を試みる大統領派の軍とのあいだで、衝突や銃撃戦が拡大していった。議会派には反エリツィンの群衆や義勇兵が合流。多くの犠牲者や負傷者が出て、ロシア人ジャーナリストや外国特派員たちも、取材しているうちに巻き込まれた。そして議会派のルツコイ大統領代行が「オスタンキノテレビを攻撃せよ」と演説し、武装義勇兵が突入したテレビ局の内外で血が流れたのである。だが結局は、すぐにエリツィン派が猛攻撃し、テレビ局も最高会議ビルも制圧された。

今野敏さんは空手の弟子がロシアにいて、時々指導のためにモスクワを訪れているが、実は初訪問がこの93年だった。ご本人によれば、「まだモスクワ暴動の名残が色濃くあって、当時の空手仲間には元KGBの特殊部隊の者もおり、なかなか臨場感ある話が聞けた。それを作品に取り上げようというのはごく自然な思いだった」とのこと。さらに、「エリツィン大統領は、市場経済を成熟させるために、必要悪と割り切ってマフィアの活動をある程度認めていた。マフィアの活動が活発化するにつれ、日本国内のシノギに行き詰まったヤクザたちが金を求めてロシアンマフィアとさかんにコンタクトを取っていたようだ。プーチンが政権を取るまでは、そんなきな臭《くさ》くも自由主義経済に向かいつつある時代で、そのにおいを肌で感じた」ことが、この小説が誕生した契機になったそうだ。そう聞くと、主人公で常心流空手指導家の仙堂辰雄が今野さんとダブって見えてくる。

さて、これから一体この国はどうなるのかわからない。そんな状況の中で当時のTBSは、金平茂紀《かねひらしげのり》モスクワ支局長（現在『報道特集』キャスター）をはじめ、ロンドン、ウィーン、ベルリン、本社から応援記者も含めた総力でカバーしていた。私がいた『NEWS23』でもストレートニュースで伝えたし、一か月以上が経ってから、「世紀末モスクワを行く」というドキュメンタリーを3夜連続で放送している。オスタンキノテレビの中にこそTBSクルーはいなかったが、最高会議ビルの内部には、日本のテレビ局として唯一、北辻利寿《きたつじとしひさ》ウィーン特派員（そののちCBCテレビ報道局長）のチームがいて、カメラ取材を続けていた。大統領派の包囲や発砲など緊張状況を生々しくレポートしている。北辻氏は「日系ロシア人『キタロフ』と名乗って潜入しました。いまでも記者としては忘れえぬ取材」と話している。

だから、このロシアで起きた事件のニュース放送は、基本的にはTBSが自分たちで取材した独自映像と、当時契約していた海外テレビ局や通信社の映像をあわせてカバーしていたわけだが、この本で出てくるように民放各局の夜のニュース番組は、フリージャーナリストや外部プロダクションが持ち込んできたＶＴＲやスクープ映像を購入して、番組企画をつくることもあった。もちろん慎重に事実関係が正しいかどうかチェックを重ねた上で、放送していたことは強調しておきたい。出入りしていたフリージャーナリストの中には現在活躍中の方もいるし、亡くなられた方もいる。

あのころ私たち『ＮＥＷＳ23』スタッフの仕事のパターンは、その日のＯＡ担当編集長や一部の記者・ディレクターらが午前中から報道局に出社して、昼ニュースを見た後に打合せや会議を始めた。ただ、スタッフ全員がそろうのは大体午後だ。ＯＡ当番から外れている人は、わりと自由に社外で取材したり、持ち込まれたネタを調べたりしていた。本作品『赤い密約』では、空手指導家の仙堂が、テレビ局いくつかに相談にまわったあとで、最後に赤坂のテレビ局を訪ね、『ニュース・アンカー』の向井田ディレクターと接触。ロシアのマフィア、政治家、そして日本のヤクザが会食している貴重映像を収めた八ミリビデオテープを持ち込んでいる。私たちの番組でも電話でそういった話が入ってくると、報道局がある大部屋内の片隅や社内の喫茶店で相手の話を真剣に聞いたので、それと似た状況だったに違いない。記者やディレクターは、集まってくる事実、記事原稿、映像を、どう練り上げてニュース番組のカバーストーリーや特集企画にまとめるのかを考えるのが日常で、なかなか思った通りに取材が進まずに苦しいときもあれば、思わぬ鉱脈にたどり着くサプライズもある。『NEWS23』の舞台裏については、筑紫哲也さんが『ニュースキャスター』という本で書いているので、興味のある方にはお勧めしたい。

また、映像を取材する方法は、ここ数年でテープからデジタル・ファイルに完全に変わった。スマホでも映像取材が簡単にできてしまう。インターネット環境が進歩したので、映像や画像を送るのもライブ中継するのも簡単になった。ニュース原稿を送る手段も電話やFAXから、電子的な送信に変わった。いつでもどこでも可能。メディアの形態も、新聞やテレビなどの大手マスコミが独占的だった時代から、いまは多くのネット系ニュースメディアの記事や動画が「スマホファースト」で見られる時代だ。速報はスマホで知るという人が圧倒的に増えた。この作品ではビデオがテレビ局に持ち込まれたわけだが、現在は普通の人が世界のどこからでも、映像や画像を直接自分でツイッターやフェイスブックなどのSNSやユーチューブにアップできる。ネット上で拡散し始めてから、あとで大手メディアが追いかけて取り上げるケースも多い。ただ、事故や災害などの衝撃的な映像ならともかく、本作品に出てくるような不正な犯罪や汚職をあばき告発する場合は、ただ公表すれば良いというものではない。ファクトやその背景を丁寧《ていねい》に取材・調査し、映像の解説や意味づけまでしないと真実や真相がなかなか伝わらない。大手メディアやプロのジャーナリストが調査報道することは、今後も重要だと信じている。フェイクニュースなどに負けてはいけないと、日々現場で頑張っているテレビジャーナリストの同僚や後輩を応援し続けたい。

実は、今野敏さんとの付き合いは30年以上と長くなった。最初に出会ったのはまだ入社間もない駆け出し記者のころ。今野さんは東芝EMIを辞められて、赤坂のマンションに原稿を書くための部屋を借り、そこに毎日「出勤」されていた。たまに会うとバーで飲んだり、ジャズを聴きに行ったり。ただ、そんな日も昼間はちゃんと仕事部屋にこもって作品を書かれ、次々と新著を出されていた。全部は読めなかったが、「隠蔽捜査」や「倉島警部補シリーズ」などの警察ものと、記者が主人公の「スクープシリーズ」はとても好きだ。そして、近年はTBSで『ハンチョウ』や『隠蔽捜査』がテレビドラマ化され、同期入社の橋本孝君がプロデューサーだったこともあって、さらに交流が深まった。たまには警察関係の方も誘って一緒に飲んだりもしている。

今野さんは、大きな文学賞を受賞されたり、日本推理作家協会の理事長も務めたり、大変忙しそうだ。今年も吉川英治文庫賞の授賞式に招待してくださった。でも、いつまでも飾らなく、気さくで楽しい兄貴のような存在と思う。そんな人柄が作品にもずっとにじみ出ている。体調管理に気を付けて、今後もたくさんの作品を産み出してほしいと期待しているが、毎年行かれている空手指導関係の国内外の旅は、体調管理やストレス解消にとても貢献していそうだ。また、新たに中目黒の仕事場地下にオープンしたカフェ兼ロシア料理屋は、知り合いや仲間が集まって騒ぐにはちょうどいい。

ところで最後に、『赤い密約』で登場する『ニュース・アンカー』の植村真弓キャスターは、一体誰がモデルなのだろうか。どこかの放送局に具体的にいたのか、全く架空の女性だったのか。雰囲気は、スクープシリーズに出てくるTBNテレビ夜のニュース番組『ニュースイレブン』の加山絵里子《かやまえりこ》キャスターと似ていなくもないのだが、このあたりの登場人物にモデルがいたのだろうか。読者の皆さんも気になりませんか……。

二〇一七年七月

本書は２００７年12月徳間文庫として刊行されたものの新装版です。なお、本作品はフィクションであり実在の個人・団体などとは一切関係がありません。

本書のコピー、スキャン、デジタル化等の無断複製は著作権法上での例外を除き禁じられています。本書を代行業者等の第三者に依頼してスキャンやデジタル化することは、たとえ個人や家庭内での利用であっても著作権法上一切認められておりません。

徳間文庫

赤《あか》い密《みつ》約《やく》

〈新装版〉

© Bin Konno 2017

2017年8月15日 初刷

著者 今《こん》野《の》敏《びん》
発行者 平野健一
発行所 東京都港区芝大門二―二―二〒105―8055
株式会社 徳間書店
電話 編集〇三(五四〇三)四三四九
販売〇四八(四五一)五九六〇
振替 〇〇一四〇―〇―四四三九二
印刷 製本 図書印刷株式会社

ISBN978-4-19-894246-5 (乱丁、落丁本はお取りかえいたします)

# 徳間文庫の好評既刊

## 逆風の街

今野 敏

神奈川県警みなとみらい署。暴力犯係係長の諸橋《もろはし》は「ハマの用心棒」と呼ばれ、暴力団には脅威の存在だ。ある日、地元の組織に潜入捜査中の警官が殺された。警察に対する挑戦か!?　ラテン系の陽気な相棒・城島《じょうじま》をはじめ、はみ出し(暴)諸橋班が港ヨコハマを駆け抜ける！　潮の匂いを血で汚す奴は許さない！

# 徳間文庫の好評既刊

今野 敏

**禁 断**

横浜みなとみらい署暴対係

横浜・元町で大学生がヘロイン中毒死した。暴力団・田家川《たけがわ》組が事件に関与していると睨んだ神奈川県警みなとみらい署暴対係警部・諸橋は、ラテン系の陽気な相棒・城島《ジョー》と事務所を訪ねる。ハマの用心棒——両親を抗争の巻き添えで失い、暴力団に対して深い憎悪を抱く諸橋のあだ名だ。事件を追っていた新聞記者、さらには田家川組の構成員まで本牧埠《ほんもくふ》頭《とう》で殺害され、事件は急展開を見せる。

# 徳間文庫の好評既刊

今野 敏

## 防波堤

### 横浜みなとみらい署暴対係

暴力団「神風会《しんぷうかい》」組員の岩倉《いわくら》が神奈川県警加賀町《かがちょう》署に身柄を拘束された。威力業務妨害と傷害罪。商店街の人間に脅しをかけたという。組長の神野《じんの》は昔気質《かたぎ》のやくざで、素人に手を出すはずがない。「ハマの用心棒」と呼ばれ、暴力団から恐れられているみなとみらい署暴対係長諸橋は、陽気なラテン系の相棒城島とともに岩倉の取り調べに向かうが、岩倉は黙秘をつらぬく。好評警察小説シリーズ。

## 徳間文庫の好評既刊

今野 敏

### 渋谷署強行犯係
### 密 闘

深夜、渋谷センター街。争うチーム同士の若者たち。そこへ突如、目出し帽をかぶった男が現れ、彼らを一撃のもとに次々と倒し無言で立ち去った。現場の様子を見た渋谷署強行犯係の刑事・辰《たつ》巳《み》吾《ご》郎《ろう》は、相棒である整体師・竜《りゅう》門《もん》の診療所に怪我人を連れて行く。たった一カ所の打撲傷だが、その破壊力は頸椎にまでダメージを与えるほどだった。男の正体は？

## 徳間文庫の好評既刊

今野　敏

渋谷署強行犯係

**義　闘**

渋谷にある「竜門整体院」に、修拳会館チャンピオンの赤間忠が来院した。全身に赤黒い痣が無数にできている。試合でできたというが明らかに鈍器でできたものだ。すれ違いで渋谷署強行犯係の辰巳刑事がやってきた。前夜、管内で「族狩り」が出たという。暴走族の若者九人をひとりで叩きのめしたと聞いて、整体師・竜門は赤間の痣を思い出す……。

# 徳間文庫の好評既刊

今野敏

渋谷署強行犯係

## 宿闘

　芸能プロダクションの三十周年パーティで専務の浅井が襲われた。意識を回復した当人は何も覚えていなかったが、その晩死亡した。会場で浅井は浮浪者風の男を追って出て行った。共同経営者である高田、鹿島、浅井を探して対馬から来たという。ついで鹿島も同様の死を遂げた。事件の鍵は対馬に？　渋谷署の辰巳刑事は整体師・竜門と対馬へ向かう！

## 徳間文庫の好評既刊

今野 敏

渋谷署強行犯係

### 虎の尾

渋谷署強行犯係の刑事・辰巳は、整体院を営む竜門を訪ねた。琉球空手の使い手である竜門に、宮下公園で複数の若者が襲撃された事件について話を聞くためだ。被害者たちは一瞬で関節を外されており、相当な使い手の仕業《しわざ》だと睨《にら》んだのだ。初めは興味のなかった竜門だったが、師匠の大城《おおしろ》が沖縄から突然上京してきて事情がかわる。恩師は事件に多大な関心を示したのだ。